거리 밖의 거리

이상

한국 대표시 다시 찾기 101

거리 밖의 거리

이상

사과꽃

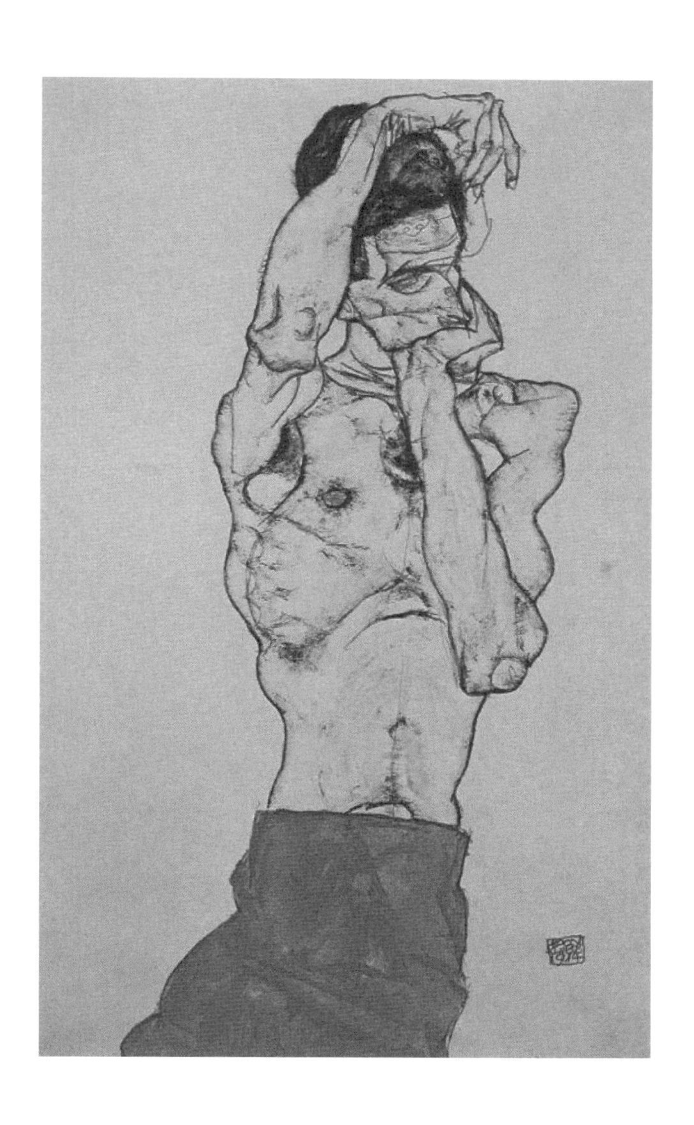

Egon Schiele
Standing Male Nude with a Red Loincloth
1914

차례

1 거울속에 내가 있소

2 오감도 烏瞰圖

3 종이비에 헛된 꿈을 기록하다

4 역단易斷
운명을 거역하다

5 위독
꽃이또향기롭다. 보이지않는꽃이

6 어떻게나는울어야할것인가

7 조감도

8 삼차각설계도 三次角設計圖

9 건축무한육면각체

10 각혈의 아침
이상의 미발표 일본어 시 9편 외

단편 소설

1

거울속에 내가 있소

거울

거울속에는소리가없소
저렇게까지조용한세상은참없을것이오

거울속에도 내게 귀가있소
내말을알아듣는딱한귀가두개나있소

거울속의나는왼손잡이오
내악수를받을줄모르는-악수를모르는왼손잡이오

거울때문에나는거울속의나를만져보지를못하는구료마는
거울아니었던들내가어찌거울속의나를만나보기만이라도했겠소

나는지금거울을안가졌소마는거울속에는늘거울속의내가있소
잘은모르지만 외로된사업에골몰할게요

거울속의나는참나와는반대요마는
또꽤닮았소
나는거울속의나를근심하고진찰할수없으니퍽섭섭하오*

* '나'와 '거울 속의 나'사이의 거리감을 뜻함.

이런 시詩

역사役事를하노라고 땅을파다가 커다란돌을하나 끄집어내어놓고보니 도무지어디서인가 본듯한생각이들게 모양이생겼는데 목도木徒들이 그것을메고나가더니 어디다갖다버리고온모양이길래 쫓아나가보니 위험하기짝이없는큰길가더라.

그날밤에 한소나기하였으니 필시그돌이깨끗이씻겼을터인데 그이틀날가보니까 변괴變怪로다 간데온데없더라. 어떤돌이와서 그돌을업어갔을까 나는참이런처량한생각에서아래와같은작문을지었도다.

"내가 그다지 사랑하던 그대여 내한평생에 차마 그대를 잊을수없소이다. 내차례에 못올사랑인줄은 알면서도 나혼자는 꾸준히생각하리라. 자그러면 내내어여쁘소서"

어떤돌이 내얼굴을 물끄러미 치어다보는것만같아서 이런시詩는그만찢어버리고싶더라.

꽃나무*

벌판한복판에 꽃나무하나가있소. 근처近處에는 꽃나무가하나도없소 꽃나무는제가생각하는 꽃나무를 열심熱心으로생각하는 것처럼 열심히 꽃을피워가지고 섰소 꽃나무는제가생각하는꽃나무에게갈수없소 나는 막달아났소 한꽃나무를위하여 그러는것처럼 나는참 그런이상스러운 흉내를 내었소.

* 꽃나무와 '나'를 견주어 존재방식을 풀고 있다.

거리

— 여인이 出奔한경우

백지위에한줄기철로가깔려있다. 이것은식어들어가는마음의도해圖解다. 나는매일허위虛爲를담은전보를발신한다. 명조도착이라고. 또 나는나의일용품을매일소포로발송하였다. 나의생활은이런재해지를 닮은거리를점점낯익어갔다.

1933.6.1

천칭天秤* 위에서 30년 동안이나 살아온 사람(어떤 과학자) 30만 개나 넘는 별을 다 헤어놓고 만 사람(역시) 인간칠십 아니이십사년 동안이나 뻔뻔히 살아온 사람(나)

나는 그날 나의 자서전에 자필의 부고를 삽입하였다. 이후나의 육신은 그런고향에는있지않았다. 나는 자신나의시가 차압당하는꼴을 목도하기는 차마 어려웠기 때문에.

---

* 저울

보통기념

시가에 전화가일어나기전
역시나는 '뉴톤'이 가르치는 물리학에는 퍽무지하였다

나는 거리를 걸었고 점두에 평과苹果 산*을보면은매일같이 물리학에 낙제하는 뇌수에피가묻은것처럼자그만하다

계집을 신용치않는나를 계집은 절대로 신용하려들지 않는다 나의말이 계집에게 낙체운동으로 영향되는일이없었다

계집은 늘내말을 눈으로들었다 내말한마디가 계집의눈자위에 떨어져 본적이없다

기어코 시가에는 전화가일어났다 나는 오래 계집을잊었 었다 내가 나를 버렸던까닭이었다

주제도 더러웠다 때끼인 손톱은길었다

* 가게에 산같이 쌓인 사과

무위한일월을 피난소에서 이런일 저런일
'우라까에시'(이반)* 재봉에 골몰하였느니라

종이로 만든 푸른솔잎가지에 또한 종이로 만든흰학동체한개가 서있다 쓸쓸하다

화로가햇볕같이 밝은데는 열대의 봄처럼 부드럽다 그한구석에서 나는지구의 공전일주를 기념할줄을 다 알았더라

* 낡은 옷 겉을 뒤집어 속이 겉에 드러내 다시 옷을 깁는 일의 일본어. 이 시에서 엎지러진 일을 감추려고 둘러대는 것을 표현 / 이 시는 두 남녀의 불화를 얽힌 힘의 관계로 비유해 풀어갔다.

2

오감도
烏瞰圖

오감도

시제일호 詩第一號*

13인의아해가도로로질주하오.
(길은막다른골목이적당하오.)

제1의아해가무섭다고그리오.
제2의아해도무섭다고그리오.
제3의아해도무섭다고그리오.
제4의 아해도무섭다고그리오.
제5의아해도무섭다고그리오.
제6의아해도무섭다고그리오.
제7의아해도무섭다고그리오.
제8의아해도무섭다고그리오.
제9의아해도무섭다고그리오.
제10의아해도무섭다고그리오.

제11의아해도무섭다고그리오.
제12의아해도무섭다고그리오.
제13의아해도무섭다고그리오.

13인의아해는무서운아해와무서워하는아해와그렇

* 무서움의 감정을 되풀이하여 화자는 무서움을 덜지만, 독자에겐 되풀이되는 무서움이 번져온다. 어지러울 정도로 무서움이 스며드는 되풀기 기법사용

게뿐이모였소.(다른사정은없는것이차라리나았소)

그중에1인의아해가무서운아해라도좋소.
그중에2인의아해가무서운아해라도좋소.
그중에2인의아해가무서워하는아해라도좋소.
그중에1인의아해가무서워하는아해라도좋소.

(길은뚫린골목이라도적당하오.)
13인의아해가도로로질주하지아니하여도좋소.

오감도

시제이호 詩第二號*

나의아버지가나의곁에서조을적에나는나의아버지가되고또나는나의아버지의아버지가되고그런데도나의아버지는나의아버지대로나의아버지인데어쩌자고나는자꾸나의아버지의아버지의아버지의……아버지가되니나는왜나의아버지를껑충뛰어넘어야하는지나는왜드디어나와나의아버지와나의아버지의아버지와나의아버지의아버지의아버지노릇을한꺼번에하면서살아야하는것이냐

* 이 시의 '나'를 옭아매는 가문과 권위, 전통에 매인 역할에 의문을 갖고 벗어나려는 심리가 있다.

오감도

시제삼호 詩第三號

싸움하는사람은즉싸움하지아니하던사람이고또싸움하는사람은싸움하지아니하는사람이었기도하니까싸움하는사람이싸움하는구경을하고싶거든싸움하지아니하던사람이싸움하는것을구경하든지싸움하지아니하는사람이싸움하는구경을하든지싸움하지아니하던사람이나싸움하지아니하는사람이싸움하지아니하는것을구경하든지하였으면그만이다

오감도

시제4호 詩第四號*

환자의용태에관한문제.

● 0 9 8 7 6 5 4 3 2 1

0 ● 9 8 7 6 5 4 3 2 1

0 9 ● 8 7 6 5 4 3 2 1

0 9 8 ● 7 6 5 4 3 2 1

0 9 8 7 ● 6 5 4 3 2 1

0 9 8 7 6 ● 5 4 3 2 1

0 9 8 7 6 5 ● 4 3 2 1

9 8 7 6 5 4 ● 3 2 1

0 9 8 7 6 5 4 3 ● 2 1

0 9 8 7 6 5 4 3 2 ● 1

0 9 8 7 6 5 4 3 2 1 ●

진단 0 · 1

26 · 10 · 1931

以上 책임의사 이상

* 삶이 그렇듯이 어떻게 해도 0으로 돌아감을 뜻한다고 여겨짐.

오감도

시제5호 詩第嗚號*

모후좌우를제하는유일의 흔적에있어서

익은불서　목대불도(翼殷不逝　目大不覩)

반왜소형의신의안전에아전낙상한고사를유함.

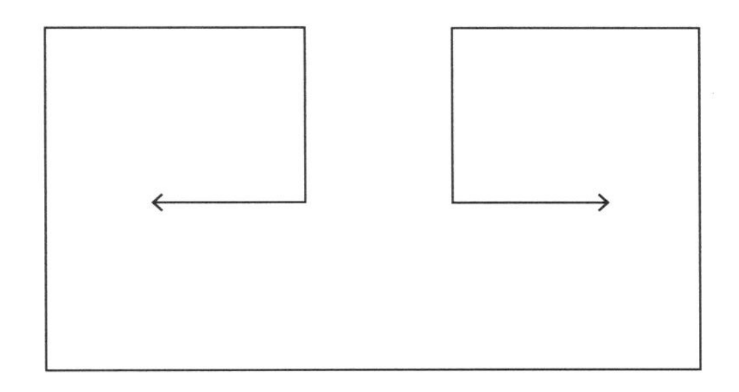

장부타는 것은 침수된축사와구별될수있을는가.

* 시제5호詩第嗚號의 흥미로운 해석 둘이 흥미롭다. 전체적으로 1보다 2가 절절해보임.(1.은밀한 언어로 항일운동 고취 / 2.사적상태)

모후좌우某后左右를 除하는 : 그 바탕에는 명성황후의 양팔을 없앤 / 좌우 폐가 손상된상태

唯一의 痕跡에 있어서 : 유일한 흔적이 있어

翼殷不逝　目大不覩 : 날개는 커도 날지 못하고 눈이 커도 분간하지 못한다. 장자의 '산목편' 구절 패러디. / 병을 알아볼 수 없는 상태를 한탄

胖矮小形의 祉의 眼前에 : 작은 제물을 차려서 종묘사직 받들기에 앞서 / 작고 뚱뚱한 의사 진단에 충격 쓰러진 상태

我前落傷한故事를有함 : 앞에는 쓰라린 상처로 남은 역사가 있으니 /

(화살표 도형) : 일본과 조선은 가는 길이 다르다 / X선 촬영사진을 보며 신체 내장기관이 타는 표현

오감도

시제6호 詩第六號*

앵무 ※ 2필

        2필

    ※ 앵무는포유류에속하느니라.

내가2필을아아는것은내가2필을아알지못하는것이니라。물론나는

희망할것이니라.

앵무   2필

'이소저小姐는신사紳士이상의부인이냐' '그렇다'

나는거기서앵무가노한것을보았느니라. 나는부끄러워서얼굴이붉어

졌었겠느니라.

앵무   2필

        2필

물론나는추방당하였느니라. 추방당할것까지도없이자퇴하였느니라.

나의체구는중축中軸을상실하고또상당히창량蹌踉하여그랬던지나는미미하게

체읍涕泣하였느니라.

'저기가저기지' '나' '나의—아—너와나'

* 화자인 '나'와 앵무새로 비유된 '아내'의 불화, 이별, 주변의 소문을 풀어갔다.

'나'
sCANDAL이라는것은무엇이냐. '너' '너구나'
'너지' '너다' '아니다 너로구나' 나는함
뿍젖어서그래서獸類처럼도망하였느니라. 물론그것을
아아는사람혹은보는사람은없었지만그러나과연그럴
는지그것조차그럴는지.

오감도

시제7호 詩第七號*

구원적거久遠謫居의지地의일지一枝** · 일지에피는현화*** · 특이한사월의화초 · 삼십륜 · 삼십륜에전후되는 양측의 명경明鏡**** · 맹아萌芽와같이희희戱戱하는지평을향하여금시금시落魄하는 만월 · 청간淸澗의기氣가운데만신창이의만월*****이의형당刑當하여혼륜하는****** · 적거謫居의지地를관류하는일봉가신 · 나는근근히차대遮戴하였더라 · 몽몽한월아 · 정밀靜謐을개엄蓋掩하는대기권의요원 · 거대한고비困憊가운데의일년사월의공동 · 반산전도하는성좌와성좌의천열된사호동을포도하는거대한풍설 · 강매 · 혈홍으로염색된암염의분쇄 · 나의뇌를피뢰침삼아침하반과되는광채임리한망해 · 나는탑배하는독사와같이 지평에식수植樹되어다시는기동할수없었더라 · 천량이올때까지*******

---

* 순 한문투의 이시는 자기 사적 체험과 이어졌다.
** 아주 먼 귀양살이 땅. 이상이 요양갔던 '배천 온천장'
*** '나'가 만난 여인(금홍 추정)
**** 서로 30일 맞대고 있었음
***** 처음에 장난처럼 시작되어 금시 넋을 잃고 빠져듬
****** 얼굴을 못들만치 체면을 상하고 혼란됨.
******* 시의 후반부는 병과 싸우는 과정, 정신과 육체가 탑속에 갇힌 듯이 움직일 수 없는 상태속에 하늘의 보살핌이 있길 그린다.

오감도

시제8호 詩第七號*

제1부시험	수술대	1
	수은도말평면경	1
	기압	2배의평균기압
	온도	개무

위선마취된정면으로부터입체와입체를위한입체가구비된전부를평면경에영상시킴. 평면경에수은현재와반대측면에도말이전함.(광선침입방지에주의하여) 서서히마취를해독함. 일축철필과일장백지를지급함.(시험담임인은피시험인과포옹함을절대기피할것) 순차수술실로부터피시험인을해방함. 익일. 평면경의종축을통과하여평면경을이편에절단함. 수은도말2회.
ETC 아즉그만족한결과를수습치못하였음.

제2부시험	직립한평면경	1
	조수	수명

야외의진실을선택함. 위선마취된상지의첨단을경면

* 병원에서 X선 촬영과정을 마치 마취된 몸이 수술대서 수술되듯 그려 처음 체험한 이의 호기심,공포를 표현.

에부착시킴. 평면경의수은을박락함. 평면경을 후퇴시킴. (이때영상된상지는반드시초자를무사통과하겠다는것으로가설함) 상지의종단까지. 다음수은도말. (재래면에) 이순간공전과자전으로부터그진공을강차시킴. 완전히이개의상지를접수하기까지. 익일. 초자를전진시킴. 연하여수은주를재래면에도말함(상지의처분) (혹은멸형)기타. 수은도말면의변경과전진후퇴의중복등.
ETC 이하미상

시제9호 詩第九號 총구* 銃口

매일같이열풍이불더니드디어내허리에큼직한손이와
닿는다. 황홀한지문指紋골짜기로내땀내가스며드자마
자쏘아라. 쏘으리로다. 나는내소화기관에묵직한총
신銃身을느끼고내다물은입에매끈매끈한총구를느낀
다.그러더니나는총쏘으드키눈을감으며한방총탄대신
에나는참나의입으로무엇을내어배앝었더냐.

* 총. 총구, 총탄은 병의 고통을 비유. 폐결핵증상인 기침 객혈때의 힘든 고통을 그림.

오감도

시제십호 詩第十號 나비*

찢어진벽지에죽어가는나비를본다. 그것은유계幽界에 낙역絡繹되는비밀秘密한통화구通話口다. 어느날거울가운데의수염에죽어가는나비를본다. 날개축처어진나비는입김에어리는가난한이슬을먹는다. 통화구를손바닥으로꼭막으면서내가죽으면앉았다일어서드키나비도날라가리라. 이런말이결코밖으로새어나가지는않게한다.

* 입은 삶과 죽음이 오가는 곳. 삶과 죽음이 오가며 펼쳐지는 상상의 날개가 나비로, 나비는 찢어진 벽지로 이어짐.

오감도

시제11호 詩第十一號*

그사기컵은내해골과흡사하다. 내가그컵을손으로꼭쥐었을때내팔에서는난데없는팔하나가접목처럼돋히더니그팔에달린손은그사기컵을번쩍들어마룻바닥에메어부딪는다. 내팔은그사기컵을사수하고있으니산산이깨어진것은그럼그사기컵과흡사한내해골이다. 가지났던팔은배암과같이내팔로기어들기전에내팔이혹움직였던들홍수洪水를막은백지白紙는찢어졌으리라. 그러나내팔은여전히그사기컵을사수한다.

* 손에 쥔 사기컵을 내려친 극적 순간을 환상기법으로 그린 시

오감도

시제12호 詩第十二號

때묻은빨래조각이한뭉텅이공중으로날라떨어진다. 그것은흰비둘기의떼다. 이손바닥만한한조각하늘저편에전쟁이끝나고평화가왔다는선전宣傳이다. 한무더기비둘기의떼가깃에묻은때를씻는다. 이손바닥만한하늘이편에방망이로흰비둘기의떼를때려죽이는불결不潔한전쟁이시작된다. 공기에숯검정이가지저분하게묻으면흰비둘기의떼는또한번이손바닥만한하늘저편으로날아간다.

오감도

시제13호 詩第十三號*

내팔이면도칼을든채로끊어져떨어졌다. 자세히보면무엇에몹시위협당하는것처럼새파랗다. 이렇게하여잃어버린내두개팔을나는촉대燭臺세움으로내방안에장식하여놓았다. 팔은죽어서도오히려나에게겁을내이는것만같다. 나는이런얇다란예의禮儀를화초분花草盆보다도사랑스레여긴다.

* 나이프 옆 벗어논 토시가 자기 팔이 잘린 듯한 환상적 이미지를 초현실적 수법으로 그림. 화가를 꿈꾸던 내면의 애착이 보임.

오감도

시제14호 詩第十四號*

고성古城앞풀밭이있고풀밭위에나는내모자를벗어놓았다.

성城위에서나는내기억에꽤무거운돌을매어달아서는내힘과거리距離껏팔매질쳤다. 포물선抛物線을역행逆行하는역사의슬픈울음소리. 문득성밑내모자帽子곁에한사람의걸인이장승과같이서있는것을내려다보았다. 걸인은성밑에서오히려내위에있다. 혹은종합된역사의망령인가. 공중을향하여놓인내모자의깊이는절박切迫한하늘을부른다. 별안간걸인은율률慄慄한풍채風彩를허리굽혀한개의돌을내모자속에치뜨려넣는다. 나는벌써기절하였다. 심장이두개골속으로옮겨가는지도가보인다. 싸늘한손이내이마에닿는다. 내이마에는싸늘한손자국이낙인烙印되어언제까지지어지지않았다.

* 돌은 굳어진 관념상징. 기성권위와 가치 관습의 얽매임에서 끝없이 벗어나려는 '나'의 자의식이 엿보임.

오감도

시제십오호 詩第十伍號

1

나는거울업는실내에있다. 거울속의나는역시외출중이다. 나는지금거울속의나를무서워하며떨고있다. 거울속의나는어디가서나를어떻게하려는음모를하는중일까.

2

죄를품고식은침상에서잤다. 확실한내꿈에나는결석하였고 의족義足을담은군용장화가내꿈의백지를더럽혀놓았다.

3

나는거울있는실내로몰래들어간다. 나를거울에서해방하려고. 그러나거울속의나는침울한얼굴로동시에꼭들어온다. 거울속의나는내게미안한뜻을전한다. 내가그때문에영어囹圄되어있드키그도나때문에영어되어떨고있다.

4

내가결석缺席한나의꿈. 내위조僞造가등장하지않는내거울. 무능이라도좋은나의고독의갈망자渴望者다. 나는드디어거울속의나에게자살을권유하기로결심하였다. 나는그에게시야視野도없는들창을가리키었다. 그들창은자살만을위한들창이다. 그러나내가자살하지아니하면그가자살할수없음을그는내게가르친다. 거울속의나는불사조에가깝다.

5

내왼편가슴심장의위치를방탄금속으로엄폐掩蔽하고나는거울속의내왼편가슴을겨누어권총을발사하였다. 탄환은그의왼편가슴을관통貫通하였으나 그의심장은바른편에있다.

6

모형심장에서붉은잉크가엎질러졌다. 내가지각遲刻한내꿈에서나는극형極刑을받았다. 내꿈을지배하는자는

내가아니다. 악수할수조차없는두사람을봉쇄封鎖한거
대한죄가있다.

3

종이비에
헛된 꿈을 기록하다

·소·영*·위·제· 素榮爲題

1

달빛속에있는네얼굴앞에서내얼굴은한장얇은피부가되어너를칭찬하는내말씀이발음하지아니하고미닫이를간지르는한숨처럼동백冬柏꽃밭내음새지니고있는네머리털속으로기어들면서모심드키내설움을하나하나심어가네나

2

진흙밭헤매일적에네구두뒤축이눌러놓은자국에비내려가득괴었으니이는온갖네거짓말네농담弄談에한없이고단한이설움을곡哭으로울기전에따에놓아하늘에부어놓는내억울한술잔네발자국이진흙밭을헤매이며헤뜨려놓음이냐

3

달빛이내등에묻은거적자욱에앉으면내그림자에는실

* 소영素榮 : 이상이 만든 신조어. 하얀 빛-꽃, 헛된 꿈, 사랑을 뜻함. 내용은 연인으로부터 그 사랑의 믿음을 잃은 괴로움을 그렸다.

고추같은피가아물거리고대신혈관血管에는달빛에놀래인냉수冷水가방울방울젖기로니너는내벽돌을씹어삼킨원통하게배고파이지러진헝겊심장心臟을들여다보면서어魚항이라하느냐

정식 正式*

정식
Ⅰ

해저海底에가라앉는한개닻처럼소도小刀가그구간軀幹속에멸형滅形하여버리더라완전히닳아없어졌을때완전히사망死亡한한개소도小刀가위치에유기遺棄되어있더라

정식
Ⅱ

나와그알지못할험險상궂은사람과나란히앉아뒤를보고있으면기상氣象은몰수沒收되어없고선조先祖가느끼던시사時事의증거가최후의철鐵의성질性質로두사람의교제交際를금禁하고있고가졌던농담弄談의마지막순서順序를내어버리는이정돈停頓한암흑暗黑가운데의분발奮發은참비밀秘密이다그러나오직그알지못할험險상궂은사람은나의이런노력努力의기색氣色을어떻게살펴알았는지그때문에그사람이아무것도모른다하여도나는또그때문에억지로근심하여야하고지상地上맨끝정

* 밤중 화장실에서 일보며 적은 공상으로, 세기말 서구 퇴폐예술의 보들레르, 와일드등이 다룬 추악과 병폐의 세계와 맞닿는다.

리整理인데도깨끗이마음놓기참어렵다.

정식

Ⅲ

웃을수있는시간을가진표본標本두개골에근육筋肉이
없다

정식

Ⅳ

너는누구냐그러나문門밖에와서문門을두다리며문門
을열라고외치니나를찾는일심一心이아니고또내가너
를도무지모른다고한들나는차마그대로내어버려둘수
는없어서문門을열어주려하나문門은안으로만고리가
걸린것이아니라밖으로도너는모르게잠겨있으니안에
서만열어주면무엇을하느냐너는누구기에구태여닫힌
문門앞에탄생하였느냐

정식

Ⅴ

키가크고유쾌한수목樹木이키작은자식을낳았다궤조軌條가평편平偏한곳에풍매식물風媒植物의종자種子가떨어지지만냉담冷膽한배척排斥이한결같이관목灌木은초엽草葉으로쇠약衰弱하고초엽은하향下向하고그밑에서청사靑蛇는점점漸漸수척하여가고땀이흐르고머지않은곳에서수은水銀이흔들리고숨어흐르는수맥水脈에말뚝박는소리가들렸다

정식

Ⅵ

시계時計가뻐꾸기처럼뻐꾹거리길래쳐다보니목조木造뻐꾸기하나가와서모으로앉는다그럼저게울었을리理도없고제법울까싶지도못하고그럼아까운뻐꾸기는날아갔나

지비 紙碑*

내키는커서다리는길고왼다리아프고안해키는작아서다리는짧고바른다리가아프니내바른다리와안해왼다리와성한다리끼리한사람처럼걸어가면아아이부부는부축할수없는절름발이가되어버린다무사한세상이병원이고꼭치료治療를기다리는무병無柄이끝끝내있다

* 종이로 만든 碑. 기념할 수 없는 헛된 일을 기록한다는 뜻.
두 다리를 소재로 나와 아내의 부조화를 표현.

지비 紙碑

— 어디갔는지모르는안해 —

○지비1

안해는 아침이면 외출한다 그날에 해당한 한남자를 속이려가는것이다 순서야 바뀌어도 하루에한남자이상은 대우하지않는다고 안해는말한다 오늘이야말로 정말돌아오지않으려나보다하고 내가 완전히 절망하고나면 화장은있고 인상人相은없는얼굴로 안해는 형용形容처럼 간단히 돌아온다 나는 물어보면 안해는 모두솔직히 이야기한다 나는 안해의일기日記에 만일萬一 안해가나를 속이려들었을때 함직한속기速記를 남편된자격資格밖에서 민첩하게 대서代書한다

○지비2

안해는 정말 조류鳥類였던가보다 안해가 그렇게수척瘦瘠하고 거벼워졌는데도날으지못한것은 그손까락에 낑기웠던 반지때문이다 오후에는 늘 분粉을바를 때 벽壁한겹걸러서 나는 조롱鳥籠을 느낀다 얼마안가서 없어질때까지 그 파르스레한 주둥이로 한번도 쌀알을 쪼으려들지않았다 또 가끔 미닫이를열고 창공을 쳐다보면서도 고운목소리로 지저귀려들지않았다 안해는

날을줄과 죽을줄이나 알았지 지상에 발자국을 남기지 않았다 비밀秘密한발을 늘버선신고 남에게 안보이다가 어느날 정말 안해는 없어졌다 그제야 처음방房안에 조분鳥糞내음새가 풍기고 날개퍼덕이던 상처傷處가 도배위에 은근하다 헤뜨러진 깃부시러기를 쓸어모으면서 나는 세상에도 이상스러운것을얻었다 산탄散彈 아아안해는 조류鳥類이면서 염체 닫과같은쇠를 삼켰더라그리고 주저앉았었더라 산탄은 녹슬었고 솜털내음새도 나고 천근千斤무게더라 아아

○지비3

이방房에는 문패門牌가없다 개는이번에는 저쪽을 향하여짖는다 조소嘲笑와같이 안해의벗어놓은 버선이 나같은공복空腹을 표정表情하면서 곧걸어갈것같다 나는 이방房을 첩첩이닫치고 출타出他한다 그제야 개는 이쪽을향하여 마지막으로 슬프게짖는다

4

역단易*斷

운명을 거역하다

* 易, 흔히 주역周易을 말함. 주역의 괘를 사용해 길흉화복의 점복과 운명을 헤아림. 역단易斷은 운명을 거역한다는 뜻. 이상이 만든 신조어. 각혈이 심한 때.

역단

화로 火爐*

방房거죽에극한極寒이와닿았다. 극한極寒이방房속을넘본다. 방房안은견딘다. 나는독서讀書의뜻과함께힘이든다. 화로를꽉쥐고집의집중集中을잡아땡기면유리창窓이움폭해지면서극한이혹처럼방을누른다. 참다못하여화로는식고차겁기때문에나는적당適當스러운방房안에서쩔쩔맨다. 어느바다에조수潮水가미나보다. 잘다져진방바닥에서어머니가생生기고어머니는내아픈데에서화로를떼어가지고부엌으로나가신다. 나는겨우폭동暴動을기억하는데내게서는억지로가지가돋는다. 두팔을벌리고유리창을가로막으면빨래방망이가내등의더러운의상衣裳을뚜들긴다. 극한을걸커미는어머니—기적奇蹟이다. 기침약藥처럼따끈따끈한화로를한아름담아가지고내체온위에올라서면독서는겁이나서곤두박질을친다.

* 화로는 곧 어머니란 등식으로 몸의 추위, 고통을 표현. 한겨울 추위에 시달리며 책을 읽다가 기침과 객혈 경험을 그려냄.

역단

아침

캄캄한공기를마시면폐에해롭다. 폐벽에끄름이앉는다. 밤새도록나는몸살을앓는다. 밤은참많기도하더라. 실어내가기도하고실어들여오기도하고하다가잊어버리고새벽이된다. 폐에도아침이켜진다. 밤사이에무엇이없어졌나살펴본다. 습관이도로와있다. 다만내치사侈奢한책이여러장찢겼다. 초췌憔悴한결론위에아침햇살이자세히적힌다. 영원히그코없는밤은오지않을듯이.

역단

가정 家庭*

문을암만잡아다녀도안열리는것은안에생활生活이모자라는까닭이다. 밤이사나운꾸지람으로나를졸른다. 나는우리집내문패앞에서여간성가신게아니다. 나는밤속에들어서서제웅처럼자꾸만감減해간다**. 식구야봉封한창호窓戶어데라도한구석터놓아다고내가수입收入되어들어가야하지 않나. 지붕에서리가내리고뾰족한데는침鍼처럼월광月光이묻었다. 우리집이앓나보다그러고누가힘에겨운도장을찍나보다. 수명壽命을헐어서전당典當잡히나보다. 나는그냥문고리에쇠사슬늘어지듯매어달렸다. 문을열려고안열리는문을열려고.

* 살기 힘든 세상을 뜻하는 깊은 밤, 집에 못들어간 채 문밖에서 서성대는 화자와 가족과의 단절과 그 간격을 담았다.

** 아무 도리도 못하며 삶을 낭비하는 자신을 말함.

역단 易斷*

그이는백지위에다연필로한사람의운명을흐릿하게초草를잡아놓았다. 이렇게홀홀한가. 돈과과거를거기다가놓아두고잡답雜沓속으로몸을기입記入하여본다. 그러나거기는타인과약속된악수가있을뿐, 다행히공란空欄을입어보면장광長廣도맞지않고안들인다. 어떤빈터전을찾아가서실컷잠자코있어본다. 배가아파들어온다. 고苦로운발음發音을다삼켜버린까닭이다. 간사奸邪한문서文書를때려주고또멱살을잡고끌고와보면그이도돈도없어지고피곤疲困한과거가멀거니앉아있다. 여기다좌석座席을두어서는안된다고그사람은이로위치를파헤쳐놓는다. 비켜서는악식惡息에허망虛妄과복수複讐를느낀다. 그이는앉은자리에서그사람이평생을살아보는것을보고는살짝달아나버렸다.

* 운명을 정해주는 조물주 "그이"와 인간"그 사람"을 견주어 모든 것이 자신과 맞지 않고 고통을 견디며 제자리로 와도 성가진 과거인 "가문"만 남아 있다.

역단

행로 行路*

기침이난다. 공기속에공기를힘들여배앝아놓는다. 답답하게걸어가는길이내스토오리요기침해서찍는구두를심심한공기가주물러서삭여버린다. 나는한장章이나걸어서철로를건너지를적에그때누가내경로를디디는이가있다. 아픈것이비수匕首에베어지면서철로와열십자十字로어울린다. 나는무너지느라고기침을떨어뜨린다. 웃음소리가요란하게나더니 자조自嘲하는표정위에독毒한잉크가끼얹힌다. 기침은사념思念위에그냥주저앉아서떠든다. 기가탁막힌다.

* 22세때부터 독한 잉크인,각혈을 시작. 경로를 디디는 이는 病인 죽음의 그림자다. 기침할 때 아무 일도 못하는 괴로운 병든 청춘의 처절한 묘사의 시다.

역단

가외가전 街外街傳*

훤조때문에마멸磨滅되는몸이다**. 모두소년少年이라고들그리는데노야老爺인기색氣色이많다. 혹형酷刑에씻기워서산반算盤알처럼자격資格너머로튀어오르기쉽다***. 그러니까육교陸橋위에서또하나의편안한대륙大陸을내려다보고근근僅僅히산다. 동갑네가시시거리며떼를지어답교踏橋한다. 그렇지않아도육교陸橋는또월광月光으로충분充分히천칭天秤처럼제무게에끄덱인다. 타인他人의그림자는위선넓다. 미미微微한그림자들이얼떨김에모조리앉아버린다. 앵도櫻桃가진다. 종자種子도연멸煙滅한다. 정탐偵探도흐지부지—있어야옳을박수拍手가어째서없느냐. 아마아버지를반역反逆한가싶다. 묵묵히—기도企圖를봉쇄封鎖한체하고말을하면사투리다. 아니—이무언無言이훤조의사투리리라. 쏟으려는노릇—날카로운신단身端이싱싱한육교陸橋그중심甚한구석을진단診斷하듯어루만지기만한다. 나날이썩으면서 가리키는지향指向으로기적奇蹟히골목이뚫렸다****.썩는것들이낙차落差나며골목으로몰린다.골

* '거리밖의 거리 이야기'로 이상의 난해시중 하나. 호흡기관구조와 기능을 병적인 것과 이어 시인의 우울한 상상이 펼쳐진다.

** 지껄이고 떠들기 때문에 닳아 없어지는 몸이다.

*** 소년이지만 치아상태가 안좋아 주판알처럼 솟아난 모양에 비유함.

**** 구멍이 뚫릴 만큼 충치가 생김.

목안에는치사侈奢스러워보이는문門이있다.문門안에
는금金니가있다. 금金니안에는추잡한혀가달린폐환肺
患이있다.오—오—. 들어가면나오지못하는타입깊이
가장부臟腑 닮는다.그위로짝바뀐구두가비철거린다.
어느균菌이어느아랫배를앓게하는것이다. 질다.

반추反芻한다. 노파老婆니까. 맞은편평활平滑한유리위
에해소解消된정체正體를도포塗布한졸음오는혜택惠澤
이뜬다. 꿈—꿈—꿈을짓밟는허망虛妄한노역勞役—이
세기世紀의 곤비困憊와살기殺氣가바둑판처럼널리깔렸
다. 먹어야사는입술이악의惡意로꾸긴진창위에서슬며
시식사食事흉내를낸다. 아들—여러아들—노파老婆의
결혼結婚을걷어차는여러아들들의육중한구두—구두
바닥의징이다.

층단層段을몇번이고아래로내려가면갈수록우물이드
물다. 좀지각遲刻해서는텁텁한바람이불고—하면학생
學生들의지도地圖가요일曜日마다채색彩色을고친다. 객
지客地에서도리道理없어다수굿하던지붕들이어물어물

한다. 즉卽이취락聚落은바로여드름돋는계절季節이래서으쓱거리다잠꼬대위에더운물을붓기도한다. 갈渴—이갈渴때문에견디지못하겠다.

태고太古의호수湖水바탕이던지적地積이짜다. 막幕을버틴기둥이습濕해들어온다. 구름이근경近境에오지않고오락寤樂없는공기空氣속에서가끔편도선扁桃腺들을앓는다. 화폐貨幣의스캔달—발처럼생긴손이염치없이노파老婆의통고痛苦하는손을잡는다.

눈에띄우지않는폭군暴君이잠입潛入하였다는소문所聞이있다. 아기들이번번이애총이되고되고한다. 어디로피避해야저어른구두와어른구두가맞부딪는꼴을안볼수있으랴. 한창급急한시각時刻이면가가호호家家戶戶들이한데어우러져서멀리포성砲聲과시반屍斑이제법은은하다.

여기있는것들은모두가그방대尨大한방房을쓸어생긴답답한쓰레기다. 낙뢰落雷심한그방대尨大한방房안에는

어디로선가질식窒息한비둘기만한까마귀한마리가날아들어왔다. 그러니까강剛하던것들이역마疫馬잡듯픽픽쓰러지면서방房은금시폭발爆發할만큼정결精潔하다. 반대反對로여기있는것들은통요사이의쓰레기다.

간다. 손자孫子도탑재搭載한객차客車가방房을피避하나보다. 속기速記를펴놓은상궤위에알뜰한접시가있고접시위에삶은계란鷄卵한개—포 – 크로터뜨린노란자위겨드랑에서난데없이부화孵化하는훈장형勳章型조류鳥類—푸드덕거리는바람에방안지方眼紙가찢어지고빙원氷原위에좌표座標잃은부첩符牒떼가난무亂舞한다. 권연卷煙에피가묻고그날밤에유곽遊廓도탔다*. 번식繁殖하고거짓천사天使들이하늘을가리고온대溫帶로건넌다. 그러나여기있는것들은뜨뜻해지면서한꺼번에들떠든다. 방대尨大한방房은속으로곪아서벽지壁紙가가렵다. 쓰레기가막붙는다.

* 더러운 공기가 들어와 병난 폐를 비유. 창녀들이 몸파는 뜻의 유곽도 탔다는 건 극심한 객혈을 말함.

역단

명경 明鏡*

여기 한 페-지 거울이 있으니
잊은 계절에서는
얹은머리가 폭포처럼내리우고

울어도 젖지 않고
맞대고 웃어도 휘지 않고
장미처럼 착착 접힌
귀
들여다보아도 들여다보아도
조용한 세상이 맑기만 하고
코로는 피로疲勞한 향기가 오지 않는다.

만적 만적하는 대로 수심愁心이 평행하는
부러 그러는 것 같은 거절拒絶
우右편으로 옮겨앉은 심장心臟일망정 고동이
없으란 법 없으니

설마 그러랴? 어디 촉진觸診……
하고 손이 갈 때 지문指紋이 지문指紋을

---

* 자신이 자주 쓴 거울을 통해 지난 시간을 잔잔히 돌아보며 회한에 젖어 그려낸다.

가로막으며
선뜩하는 차단遮斷뿐이다.

오월이면 하루 한 번이고
열 번이고 외출하고 싶어 하더니
나갔던 길에 안 돌아오는 수도 있는 법

거울이 책장 같으면 한장 넘겨서
맞섰던 계절을 만나련만
여기 있는 한 페-지
거울은 페-지의 그냥 표지表紙—

5

위독*

꽃이또향기롭다. 보이지않는꽃이

* 5부의 시들은 일본으로 건너가기 전《조선일보》에 발표한 연작시다. 모든 시들이 「오감도」와 똑같이 띄어쓰기를 문장과 문장은 했으나, 문장안의 모든 단어 는 붙여썼다.

위독

절벽 絶壁*

꽃이보이지않는다. 꽃이향기롭다. 향기가만개滿開한다. 나는거기묘혈墓穴을판다. 묘혈墓穴도보이지않는다. 보이지않는묘혈墓穴속에나는들어앉는다. 나는눕는다. 또꽃이향기롭다. 꽃은보이지않는다. 향기가만개한다. 나는잊어버리고재再처거기묘혈墓穴을판다. 묘혈은보이지않는다. 보이지않는묘혈로나는꽃을깜빡잊어버리고들어간다. 나는정말눕는다. 아아. 꽃이또향기롭다. 보이지않는꽃이—보이지도않는꽃이.

* 환상적으로 '나'의 죽음을 그린 시

위독

침몰 沈歿*

죽고싶은마음이칼을찾는다. 칼은날이접혀서펴지지않으니날을노호怒號하는초조焦燥가절벽에끊치려든다. 억지로이것을안에떠밀어놓고또간곡히참으면어느결에날이어디를건드렸나보다. 내출혈內出血이뻑뻑해온다. 그러나피부에상채기를얻을길이없으니악령惡靈나갈문門이없다. 가친자수自殊로하여체중은점점무겁다.

* 침몰沈沒을 침몰沈歿로 바꾸어 '죽음'의 뜻을 더했다.

위독

매춘 買春*

기억을맡아보는기관器官이염천炎天아래생선처럼상傷해들어가기시작始作이다.조삼모사朝三暮四의싸이폰작용. 감정感情의망쇄忙殺.

나를넘어뜨릴피로는오는족족피해야겠지만이런때는대담하게나서서혼자서도넉넉히자웅雌雄보다별것이어야겠다.

탈신脫身. 신발을벗어버린발이허천虛天에서실족한다.

---

* 매춘賣春을 '賣''판다'가 아닌 '買''산다'한 뜻매김인데, 잘못해석한 경우가 많다. 이상은 자신만의 신조어와 비상한 말놀이기법을 자주 썼다. 청춘을 사오다,란 뜻으로 자신의 병에서 벗어나련 소망이 담았다.

위독

위치 位置*

중요한위치에서한성격의심술이비극을연역演繹하고 있을즈음범위에는타인이없었던가. 한주株—분盆에심은외국어의관목灌木이막돌아서서나가버리려는동기動機요화물貨物의방법이와있는의자倚子가주저앉아서귀먹은체할때마침내가구두句讀처럼고사이에낑기어들어섰으니나는내책임의맵시를어떻게해보여야하나.애화哀話가주석註釋됨을따라나는슬퍼할준비라도하노라면나는못견뎌모자를쓰고밖으로나가버렸는데왠사람하나가여기남아내분신分身제출할것을잊어버리고있다.

* 비문법적인 진술로 시의 뜻을 어지럽히면서 환상속으로 이끄는 시

위독

생애 生涯

내두통頭痛위에신부新婦의장갑이정초定礎되면서내려앉는다. 써늘한무게때문에내두통이비켜설기력도없다. 나는견디면서여왕봉女王蜂처럼수동적인맵시를꾸며보인다. 나는이왕已往이주춧돌밑에서평생이원한이거니와신부의생애를침식浸蝕하는내음삼陰森한손찌거미를불개아미와함께잊어버리지는않는다. 그래서신부는그날그날까무러치거나웅봉雄蜂처럼죽고죽고한다. 두통은영원히비켜서는수가없다.

위독

금제 禁制*

내가치던개〔구拘〕는튼튼하대서모조리실험동물로공양供養되고그중에서비타민E를지닌개〔구拘〕는학구學究의미급未及과생물生物다운질투로해서박사에게흠씬얻어맞는다하고싶은말을개짖듯배앝아놓던세월은숨었다. 의과대학허전한마당에우뚝서서나는필사必死로금제를앓는〔患〕이다. 논문에출석出席한억울한촉루에는천고千古에는씨명氏名이없는법이다.

* 의과대학은 개짖듯 자유로이 못짖어대는 억압적인 제도와 권위를 상징. 평단의 비판을 감수하던 사적인 상황을 표현.

위독

추구 追求*

안해를즐겁게할조건들이틈입闖入하지못하도록나는 창호窓戶를닫고밤낮으로꿈자리가사나와서가위를눌린다어둠속에서무슨내음새의꼬리를체포하여단서로내집내미답未踏의흔적을추구한다. 안해는외출에서돌아오면방에들어서기전에세수를한다. 닮아온여러벌표정을벗어버리는추행醜行이다. 나는드디어한조각독한비누를발견하고그것을내허위뒤에다살짝감춰버렸다. 그리고이번꿈자리를예기豫期한다.

* '나'와 '아내'의 거리를 좁이지 못해 괴로운 화자의 심정을 그림.

위독

백화 白畫*

내두루마기깃에달린정조貞操뺏지를내어보였더니들어가도좋다고그린다. 들어가도좋다던여인이바로제게좀선명한정조貞操가있으니어떠냔다. 나더러세상에서얼마짜리화폐貨幣노릇을하는세음이냐는뜻이다. 나는일부러다홍헝겊을흔들었더니요조窈窕하다던정조貞操가성을낸다. 그리고는칠면조처럼쩔쩔맨다.

* 진정한 삶의 가치가 돈으로 세어지는 현실을' 정조와 돈에 견줘 조롱함.

위독

문벌 門閥*

분총墳塚에계신백골白骨까지가내게혈청血淸의원가상환原價償還을강청强請하고있다.천하天下에달이밝아서나는오들오들떨면서도처에서들킨다. 당신의인감印鑑이이미실효失效된지오랜줄은꿈에도생각하지않으시나요—하고나는의젓이대꾸를해야겠는데나는이렇게싫은결산決算의함수函數를내몸에지닌내도장圖章처럼쉽사리끌러버릴수가참없다.

* 가족,가문의 전통과 굴레에서 못벗어나는 처지를 담음.

위독

내부 內部

입안에짠맛이돈다. 혈관으로임리淋漓한묵흔墨痕이몰려들어왔나보다. 참회로벗어놓은내구긴피부는백지白紙로도로오고붓지나간자리에피가아롱져맺혔다. 방대한묵흔墨痕의분류奔流는온갖합음合音이리니분간할길이없고다물은입안에그득찬서언序言이캄캄하다. 생각하는무력無力이이윽고입을빼겨젓히지못하니심판審判받으려야진술할길이없고익애溺愛에잠기면서버언져멸형滅形하여버린전고典故만이죄업이되어이생리生理속에영원히기절氣絶하려나보다.

위독

육친 肉親*

크리스트에혹사酷似한남루한사나이가있으니이이는 그의종생終生과운명殞命까지도내게떠맡기려는사나운 마음씨다. 내시시각각時時刻刻에늘어서서한시대나나 눌변訥辯인트집으로나를위협한다. 은애恩愛—나의착 실한경영經營이늘새파랗게질린다. 나는이육중한크리 스트의별신別神을암살하지않고는내문벌門閥과내음모 陰謀를약탈당할까참걱정이다. 그러나내신선한도망이 그끈적끈적한청각을벗어버릴수가없다.

* 이상은 가족에서 멀어지려는 게 아닌, 가족을 제대로 못돌보는 슬픔과 후회가 늘 컸다.

위독

자상 自像*

여기는어느나라의데드마스크다. 데드마스크는도적맛았다는소문도있다. 풀이극북極北에서파괴하지않던이수염은절망을알아차리고생식生殖하지않는다. 천고千古로창천蒼天이허방빠져있는함정陷穽에유언이석비石碑처럼은근히침몰되어있다. 그러면이곁을생소生疎한손짓발짓의신호가지나가면서무사히스스로와한다. 점잖던내용이이재저래구기기시작이다.

* 생기를 잃는 자신을 슬퍼한 느낌을 담았다.

I WED A TOY BRIDE*

1밤

장난감신부살결에서 이따금 우유내음새가 나기도 한다. 머(ㄹ)지아니하여 아기를낳으려나보다. 촉불을끄고 나는 장난감신부귀에다대이고 꾸지람처럼 속삭여본다.
"그대는 꼭 갓난아기와 같다."고..............
장난감신부는 어둔데도 성을내이고대답한다.
"목장까지 산보갔다왔답니다."
장난감신부는 낮에 색색이풍경을암송해가지고온것인지도모른다.
내수첩처럼 내가슴안에서 따근따근하다. 이렇게 영양분내를 코로맡기만하니까 나는 자꾸 수척해간다.

2밤

장난감신부에게 내가 바늘을주면 장난감신부는 아무것이나 막 찌른다. 일력. 시집. 시계. 또 내몸 내 경험이들어앉아있음직한곳.

* '나는 장난감신부와 결혼하다'- 생전에 발표한 이상의 마지막 작품

이것은 장난감신부마음속에 가시가 돋아있는증거다.
즉 장미꽃처럼..............
내 거벼운무장에서 피가좀난다. 나는 이 상채기를고
치기위하여 날만 어두면 어둔속에서 싱싱한밀감을먹
는다. 몸에 반지밖에가지지않은 장난감신부는 어둠을
커—튼열듯하면서 나를찾는다. 얼른 나는 들킨다. 반
지가살에닿는것을 나는 바늘로잘못알고 아파한다.
촉불을켜고 장난감신부가 밀감을찾는다.
나는 아파하지않고 모른체한다.

파첩

1

우아한여적이 내뒤를밟는다고 상상하라
내문 빗장을 내가지르는소리는내심두의동결하는녹음
이거나 그'겹'이거나…………
—무정하구나—
등불이 침침하니까 여적 유백의나체가 참 매력있는오
예—가아니면 건정이다

2

시가전이끝난도시 보도에'마'가어지럽다 당도의명을
받들고월광이이 '마' 어지러운우에 먹을 즐느니라
(색이여 보호색이거라) 나는 이런일을흉내내어 껄껄 껄

3

인민이 퍽죽은모양인데거의망해를남기지 않았다 처
참한포화가 은근히 습기를부른다 그런다음에는 세상
것이발아치않는다 그러고야음이야음에계속된다
후는 드디어 깊은수면에빠졌다 공기는유백으로화장

되고
나는?
사람의시체를밟고집으로돌아오는길에 피부면에털이
솟았다 멀리 내 뒤에서 내독서소리가들려왔다

4

이 수도의폐허에 왜체신이있나
응? (조용합시다 할머니의하문입니다)

5

시-트우에 내희박한윤곽이찍혔다 이런두개골에는해
부도가참가하지않는다
내정면은가을이다 단풍근방에 투명한홍수가침전한다
수면뒤에는손가락끝이농황의소변으로 차겁더니 기어
방울이져서떨어졌다

6

건너다보이는이층에서대륙계집들창을닫아버린다 닫

기전에 침을뱉앝았다
마치 내게사격하듯이…………….
실내에전개될생각하고 나는질투한다 상기한사지를벽
에기대어 그침을 들여다보면 음란한
외국어가허고많은세
균처럼 꿈틀거린다
나는 홀로 규방에병신을기른다 병신은가끔질식하고
혈순이여기저기서망설거린다

7

단추를감춘다 남보는데서 '싸인'을하지말고…………
어디 어디 암살이 부엉이처럼 드새는지―누구든지모
른다

8

…………보도'마이크로폰'은 마지막 발전을 마쳤다
야음을발굴하는월광―
사체는 잃어버린체온보다훨씬차다 회신위에 서리가
내렸건만……

별안간 파상철판이넘어졌다 완고한음향에는여운도없다
그밑에서 늙은 의원과 늙은 교수가 번차례로강연한다
'무엇이 무엇과 와야만되느냐'
이들의상판은 개개 이들의선배상판을닮았다
오유된역구내에화물차가 우뚝하다 향하고있다

9

상장을붙인암호인가 전류우에올라앉아서 사멸의'가나안'을 지시한다
도시의붕락은 아—풍설보다빠르다
시청은법전을감추고 산란한 처분을거절하였다
'콘크리트' 전원에는 초근목피도없다 물체의음영에생리가없다
—고독한기술사'카인'은도시관문에서인력거를나리고 항용 이거리를완보하리라

무제*

내 마음에 크기는 한 개 궐련 기러기만하다고 그렇게 보고,
처심處心은 숫제 성냥을 그어 궐련을 붙여서는
숫제 내게 자살을 권유하는도다.
내 마음은 과연 바지작 바지작 타들어가고 타는대로 작아가고,
한 개 궐련 불이 손가락에 옮겨 붙으렬적에
과연 나는 내 마음이 공동에 마지막 재가 떨어지는 부드러운 음향을 들었더니라.

처심은 재떨이를 버리듯이 대문 밖으로 나를 꽂고,
완전한 공허를 시험하듯이 한마디 노크를 내 옷깃에 남기고
그리고 조인이 끝난듯이 빗장을 미끄러뜨리는 소리
여러번 굽은 골목이 담장이 좌우 못 보는 내 아픈 마음에 부딪혀 달은 밝은데
그 때부터 가까운 길을 일부러 멀리 걷는 버릇을 배웠드니라.

---

* 제목없는 상태의 유고.

무제

선행하는분망을싣고 전차의앞창은
내투사를막는데
출분한안해의 귀가를 알리는 '페리오드'의 대단원이
었다.

너는어찌하여 네소행을 지도에없는 지리에두고
화판떨어진 줄거리 모양으로향료와 암호만을 휴대하
고돌아왔음이냐.

시계를보면 아무리하여도 일치하는 시일을 유인할수
없고
내것 아닌지문이 그득한네육체가 무슨 조문을 내게구
형하겠느냐

그러나 이곳에출구와 입구가늘개방된 네사사로운 휴
게실이있으니
내가분망중에라도 네거짓말을 적은편지를 '데스크'
우에놓아라.

6

어떻게나는울어야할것인가

이상한 가역반응異常可逆反應*

임의任意의반경半徑의원圓(과거분사過去分詞에관한통
념)

원내圓內의일점一點과원외圓外의일점一點을이어놓은직
선直線

두종류의존재의시간적영향성時間的影響性
(우리들은이것에관하여무관심하다)

직선直線은원圓을살해殺害하였는가

현미경顯微鏡
그밑에있어서는인공人工도자연自然과다름없이현상現
象되었다.

×

같은날의오후
물론태양이존재하여있지아니하면아니될처소處所에
존재하여있었을뿐만아니라그렇게하지아니하면아니

* 김해경 본명으로 처음 발표된 일본어 시 6편중 하나.

될보조步調를미화하는일까지도하지아니하고있었다.
발달發達하지도아니하고발전하지도아니하고
이것은분노憤怒이다.

철책밖의백대리석건축물白大理石建築物이웅장하게서
있던
진진眞眞5″의각角바아의나열에서
육체에대한처분법處分法을센티멘탈리즘하였다.

목적이있지아니하였더니만큼냉정하였다.

태양이땀에젖은잔등을내려쬐였을 때
그림자는잔등전방前方에있었다.

사람은말하였다.
“저변비증환자便秘症患者는부자집으로식염食鹽을얻으
러들어가고자희망하고있는것이다”라고
....

파편의경치—*

△은 나의 AMOUREUSE이다.

나는 하는 수없이 울었다

전등이 담배를 피웠다
▽은 I/W이다

×

▽이여! 나는 괴롭다

나는유희한다
▽의슬립퍼는과자와같지아니하다
어떻게나는울어야할것인가

×

쓸쓸한들판을생각하고
쓸쓸한눈나리는날을생각하고
나의피부를생각하지아니한다

기억에대하여나는강체이다

---

* 정전된 밤, 붉밝힌 촛불에 인격을 주어 화자로 등장

정말로
“같이 노래 부르세요”
하면서나의무릎을때렸을터인일에대하여
▽은나의꿈이다

스틱크!자네는쓸쓸하며유명하다

어찌할것인가

×

마침내▽을매장한설경이었다

▽의유희—*

△은나의AMOUREUSE이다

종이로만든배암이종이로만든배암이라고하면
▽은배암이다

▽은춤을추었다

▽의웃음을웃는것은파격이어서우스웠다

슬립퍼가땅에서떨어지지아니하는것은너무나소림이
끼치는일이다
▽의눈은동면이다
▽은전등을삼등태양인줄안다

×

▽은어디로갔느냐

여기는굴뚝꼭대기냐

나의호흡은평상적이다
그러한데탕그스텐은무엇이냐

---

* 촛불을 ▽ '뱀'에 비유. 파편의 경치와 서로 연관. '나'는 양초를 의인화.

(그무엇도아니다)

굴곡한직선
그것은백금과반사계수가상호동등하다

▽은테에블밑에숨었느냐

×

1

2

3

3은공배수의정벌로향하였때
전보는오지아니하였다

수염—*

(수·수·그밖에수염일수있는것들·모두를이름)

1

눈이있어야하지아니하면아니될자리에는삼림인웃음
이존재하고있었다

2

홍당무

3

아메리카의유령은수족관인데대단히유려하다
그것은음울하기도하다

4

계류에서—
건조한식물성인
가을

* 머리부터 턱까지 사람얼굴의 모든 '털'을 소재로 한 시. 비유도 파격적이고 특유의 기지가 눈부신 말놀이 수법을 사용함.

5

일소대의군인이동서의방향으로전진하였다고하는것
은
무의미하일이아니면아니된다
운동장이파열되고균열될따름이니까

6

삼심원

7

조를그득넣은밀가루포대
간단한수유의달밤이었다

8

언제나도둑질할것만을계획하고있었다
그렇지는아니하였다고한다면적어도구걸이기는하였
다

9

소한것은밀한것의상대이며또한
평범한것은비범한것의상대이었다
나의신경은창녀보다도더욱정숙한처녀임을바라고있었다

10

말—
땀—

나는, 사무로 씨산보로하여도무방하도다
나는, 하늘의푸르름에지쳤노라이같이폐쇄주의로다

BOITEUX · BOITEUSE*

긴것

짧은것

열십자

×

그러나 CROSS에는 기름이묻어있었다

추락

부득이한평행

물리적으로아펐었다
(이상평면기하학)

×

---

* BOITEUX · BOITEUSE 프랑스어로 두 단어 '절름발이'란 뜻. 병과 싸워 나가는 괴로운 과정을 그린 시들중 하나

오렌지

대포

포복

×

만약자네가중상을입었다할지라도피를흘리었다
고한다면멋적은일이다

오—

침묵을타박하여주면좋겠다
침묵을여히타박하여나는홍수처럼소란할것인가
침묵은침묵이냐

메스를갖지아니한다하여의사일수없는것일까

천체를잡아찢는다면소리쯤은나겠지

나의보조는계속된다

언제까지도나는시체이고자하면서시체이지아니할것
인가

공복 空腹*

바른손에과자봉지가없다고해서
왼손에쥐어져있는과자봉지를찾으려지금막온길을
오리伍里나되돌아갔다

×

이손은화석化石이되었다

이손은이제는이미아무것도소유하고싶지도않는소
유된물건의소유된것을느끼기조차하지아니한다

×

지금떨어지고있는것이눈雪이라고한다면지금떨어진
내눈물은눈雪이어야할것이다

나의내면內面과외면外面과
이건件의계통系統인모든중간中間들은지독히춥다

* 空腹은 상실감, 허탈감 말한다. 몸이 망가져가면서 균형이 깨지고, 몸의 고통을 깊게 묘사. 촌란의 개들이 짖는다- 기침을 비유.

좌左 우右

이양측의손들이상대방의의리義理를저버리고 두번다시악수握手하는일은없고

곤란困難한노동만이가로놓여있는이정돈整頓하여가지아니하면아니될길에있어서독립을고집固執하는것이기는하나

추우리로다

추우리로다

×

누구는나를가리켜고독孤獨하다고하느냐

이군웅할거群雄割據를보라

이전쟁을보라

×

나는그들의알력의발열의한복판에서혼수昏睡한다

심심한세월이흐르고나는눈을떠본즉

시체屍體도증발한다음의고요한달밤을나는상상想像한다

천진天眞한촌락의축견畜犬들아짖지말게나
내체온은적당스럽거니와
내희망은감미로웁다.

7

조감도

조감도

2인……1……

기독은남루한행색으로설교를시작했다.
아아르 · 카아보네는감람산을산째로납촬해갔다.

×

1930년이후의일—.
네온싸인으로장식된어느교회의문간에서는뚱뚱보카아보네가볼의상흔을씰룩거리면서입장권을팔고있었다.

조감도

2인……2……*

아아ㄹ · 카아보네의화폐는참으로광이나고메달로하여도좋을만하나기독의화폐는보기숭할지경으로빈약하고해서아무튼돈이라는자격에서는한발도벗어나지못하고있다.

카아보네가선물로보내어준프록 · 코오트를기독이최후까지거절하고말았다는것은유명하고도지당한이야기가아니겠는가.

* 불법적으로 축적한 알카포네에 견주어 기독의 선이 유혹을 뿌리쳐 정신이 살아있음을 표현.

조감도

신경질적으로비만한삼각형*

▽은나의AMOUREUSE이다

▽이여 씨름에서이겨본경험은몇번이나되느냐.

▽이여 보아하니외투속에파묻힌등덜미밖엔없고나.

▽이여 나는그호흡에부서진악기로다.

나에게여하한고독이찾아올지라도나는××하지아니할것이다. 오직그러함으로써만.

나의생애는원색과같이풍부하도다.

그런데나는캐라반**이라고.
그런데나는캐라반이라고.

---

* 파편의 경치, ▽의 유희와 통하는 시다. ▽양초불꽃이 녹는 모습을 세세히 여러비유로 담았다.

** 양초의 기능성

조감도

LE URINE*

불길과같은바람이불었건만불었건만얼음과같은수정체는있다. 우수는DICTIONAIRE와같이순백하다. 녹색풍경은망막에다무표정을가져오고그리하여무엇이건모두회색의명랑한상태로다.

들쥐와같은험준한지구등성이를포복하는짓은대체누가시작하였는가를수척하고왜소한ORGANE을애무하면서역사책비인페이지를넘기는마음은평화로운문약이다. 그러는동안에도매장되어가는고고학은과연성욕을느끼게함은없는바가장무미하고신성한미소와더불어소규모하나마이동되어가는실과같은동화가아니면아니되는것이아니면무엇이었는가.

진녹색납죽한사류는무해롭게도수영하는유리의유동체는무해롭게도반도도아닌무명의산악을도서와같이유동하게하는것이며그럼으로써경이와신비와또한불안까지를함께뱉어놓는바투명한공기는북국과같이차기는하나양광을보라. 까마귀는흡사공작과같이비상하여비늘을질서없이번득이는반개의천체에금강석

---

* 프랑스어로 '소변'이다. 이상의 일본어시 중에 가장 난해함. 독보적인 발상이 눈부시다.

과추호도다름없이평민적윤곽을일몰전에빗보이며교만함은없이소유하고있는것이다.

숫자의COMBINATION을망각하였던약간소량의뇌수에는설탕처럼청렴한이국정조로하여가수상태를입술위에꽃피워가지고있을즈음번화로운꽃들은모두어데로사라지고이것을목조의작은양이두다리를잃고가만히무엇엔가경청하고있는가.

수분이없는증기하여온갖고리짝은말르고말라도시원치않은오후의해수욕장근처에있는휴업일의조탕은파초선처럼비애에분열하는원형음악과휴지부, 오오춤추려나, 일요일의뷔너스여, 목쉰소리나마노래부르려무나일요일의뷔너스여.

그평화로운식당도어에는백색투명한MENSTRUATION이라문패가붙어있고끝없는전화를피로하여LIT우에놓고다시백색궐련을그냥물고있는데.

마리아여, 마리아여, 살갖이새까만마리아여, 어디로갔느냐, 욕실수도콕크에선열탕이서서히흘러나오고있는데가서얼른어젯밤을막으렴, 나는밥이먹고싶지아니하니슬립퍼를축음기우에얹어놓아주려무나.

무수한비가무수한추녀끝을두드린다두드리는것이다. 분명상박과하박과의공동피로임에틀림없는식어빠진점심을먹어볼까— 먹어본다. 만도린은제스스로짐싸고지팽이잡은손에들고자그마한삽짝문을나설라치면언제어느때향선과같은황혼은벌써왔다는소식이냐, 수탉아, 되도록순사가오기전에고개수그린채미미한대로울어다오. 태양은이유도없이사보타지를자행하고있는것은전연사건이외의일이아니면아니된다.

조감도

얼굴*

배고픈얼굴을본다.

반드르르한머리카락밑에어째서배고픈얼굴은있느냐.

저사내는어데서왔느냐.
저사내는어데서왔느냐.

저사내어머니의얼굴은박색임에틀림없겠지만저사내아버지의얼굴은잘생겼을것임에틀림없다고함은저사내아버지는워낙은부자였던것인데저사내어머니를취한후로는급작히가난든것임에틀림없다고생각되기때문이거니와참으로아해라고하는것은아버지보담도어머리를더닮는다는것은그무슨얼굴을말하는것이아니라성행을말하는것이지만저사내얼굴을보면저사내는나면서이후대체웃어본적이있었느냐고생각되리만큼험상궂은얼굴이라는점으로보아저사내는나면서이후한번도웃어본적이없었을뿐만아니라울어본적도없었으리라믿어지므로더욱더험상궂은얼굴임은즉저사내어머니의얼굴만을보고자라났기때문에그럴것이라고생각되지만저사내아버지

* 이상이 백부의 양자로 컸던 일이 중요한 시의 뿌리다.

는웃기도하고하였을것임에는틀림없을것이지만대체로아해라고하는것은곧잘무엇이나흉내내는성질이있음에도불구하고저사내가조금도웃을줄모르는것같은얼굴만을하고있는것으로본다면저사내아버지는해외를방랑하여저사내가제법사람구실을하는저사내로장성한후로도아직돌아오지아니하던것임에틀림이없다고생각되기때문에또그렇다면저사내어머니는대체어떻게그날그날을먹고살아왔느냐하는것이문제가될것은물론이지만어쨌든간에저사내어머니는배고팠을것임에틀림없으므로배고픈얼굴을하였을것임에틀림없는데귀여운외톨자식인지라저사내만은무슨일이있든간에배고프지않도록하여서길러낸것임에틀림없으므로배고픈얼굴을하였을것임에틀림없을것이지만아무튼아해라고하는것은어머니를가장의지하는것인즉어머니의얼굴만을보고저것이정말로마땅스러운얼굴이구나하고믿어버리고선어머니의얼굴만을열심으로흉내낸것임에틀림없는것이어서그것이지금은입에다금니를박은신분과시절이되었으면서도이젠어쩔수도없으리만큼굳어버리고만것이나아닐까고생각되는것은무리도없는일인데그것은그렇다하더라도반드르르한머리카락밑에어째서저험상궂은배고픈얼굴은있느냐.

조감도

운동*

일층우에있는이층우에있는삼층우에있는옥상정원에올라서남쪽을보아도아무것도없고북쪽을보아도아무것도없고해서옥상정원밑에있는삼층밑에있는이층밑에있는일층으로내려간즉동쪽에서솟아오른태양이서쪽에떨어지고동쪽에서솟아올라서쪽에떨어지고동쪽에서솟아올라서쪽에떨어지고동쪽에서솟아올라하늘한복판에와있기때문에시계를꺼내본즉서기는했으나시간은맞는것이지만시계는나보다도젊지않으냐하는것보다는나는시계보다는늙지아니하였다고아무리해도믿어지는것은필시그럴것임에틀림없는고로나는시계를내동댕이쳐버리고말았다.

* 시 전체가 한 문장인 시로, 도식적인 시간인 시계를 내동댕이쳐 거부한다. 당대도 지금도 새롭고 인상적이다.

조감도

광녀의 고백*

여자인S자양한테는참으로미안하오. 그리고B군자네한테감사하지아니하면아니될것이오. 우리들은S자양의앞길에다시광명이있기를바라오.

창백한여자

얼굴은여자의이력서이다. 여자의입은작기때문에여자는익사하지아니하면아니되지만여자는물과같이때때로미쳐서소란해질때가있다. 온갖밝음의태양들아래여자는참으로맑은물과같이떠돌고있었는데참으로고요하고매끄러운표면은조약돌을삼켰는지아니삼켰는지항상소용돌이를갖는퇴색한순백색이다.

등쳐먹을려고하길래내가먼첨한대먹여놓았죠.

잔내비와같이웃는여자의얼굴에는하룻밤사이에참아름답고빤드르르한적갈색초콜레이트이무수히열매맺혀버렸기때문에여자는마구대고초콜레이트을방사하였다. 초콜레이트은흑단의사아벨을질질끌면서조명사이사이에격검을하기만하여도웃는다. 웃는다. 어

* 사람의 가장 중요 감각인 눈동자에 티가 들어간 걸 모티브로 삼았다. 두가지 목소리로 짜인 이중구조의 시다. 몸에 대한 많은 관심, 관찰의 시중 하나로 인식의 폭과 깊이를 눈여겨보게 된다.

느것이나모두웃는다. 웃음이마침내엿처럼걸쭉하게
찐득거려서초콜레이트을다삼켜버리고탄력강기에찬
온갖표적은모두무용해지고웃음은산산이부서지고도
웃는다. 웃는다. 파랗게웃는다. 바늘의철교처럼웃는
다. 여자는나한을밴것임을다들알고여자도안다. 나한
은비대하고여자의자궁은운모처럼부풀고여자는돌처
럼딱딱한초콜레이트이먹고싶었던것이다. 여자가올
라가는층계는한층한층이더욱새로운초열빙결지옥이
었기때문에여자는즐거운초콜레이트이먹고싶지않다
고생각하지아니하는것은곤란하기는하지만자선가로
서의여자는한몫보아준심산으로그러면서도여자는못
견디리만큼답답함을느꼈는데이다지도신선하지아니
한자선사업이또있을까요하고여자는밤새도록고민고
민하였지만여자는전신이갖는몇개의습기를띤천공(예
컨대눈기타)근처의먼지는떨어버릴수는없는것이었
다.

여자는물론모든것을버렸다. 여자의성명도, 여자의
피부에있는오랜세월중에간신히생긴때의박막도심지
어는여자의타선까지도, 여자의머리는소금으로닦은
것이나다름없는것이다. 그리하여온도를갖지아니하
는엷은바람이참으로강구연월과같이불고있다. 여자

는혼자망원경으로SOS를듣는다. 그리곤덱크를달린다. 여자는푸른불꽃탄환이벌거숭이인채달리고있는것을본다. 여자는오로라를본다. 덱크의구란은북극성의감미로움을본다. 거대한물개잔등을무사히달린다는것이여자로서과연가능할수있을까, 여자는발광하는파도를본다. 발광하는파도는여자에게백지의꽃잎을준다. 여자의피부는벗기고벗기인피부는선녀의옷자락과같이바람에나부끼고있는참으로서늘한풍경이라는점을깨닫고다들은고무와같은두손을들어입을박수하게하는것이다.

이내몸은돌아온길손, 잘래야잘곳없어요.

여자는마침내낙태한것이다. 트렁크속에는갈기갈기찢어진POUDRE VERTUEUSE가복제된것과함께가득채워져있다.사태도있다. 여자는고풍스러운지도위를독모를살포하면서불나비처럼날은다.여자는이제는이미오백나한의불쌍한홀아비들에게는없을래야없을수없는유일한안해인것이다. 여자는콧노래와같은ADIEU를지도의에레베에슌에다고하고No.1-500의어느사찰인지향하여걸음을재촉하는것이다.

조감도

홍행물천사*

—어떤후일담으로—

정형외과는여자의눈을찢어버리고형편없이늙어빠진곡예상의눈으로만들고만 것이다. 여자는실컷웃어도또한웃지아니하여도웃는것이다.

여자의눈은북극에서해후하였다. 북극은초겨울이다. 여자의눈에는백야가나타났다. 여자의눈은물개의잔등과같이얼음판우에미끄러져떨어지고만것이다.

세계의한류를낳는바람이여자의눈에불었다. 여자의눈은거칠어졌지만여자의눈은무서운빙산에싸여있어서파도를일으키는것은불가능하다.

여자는대담하게NU가되었다. 한공은한공만큼의가시밭이되었다. 여자는노래를부른다는셈치고찢어지는소리로울었다. 북극은종소리에전율하였던것이다.

* 광녀의 고백 과 이어진 내용의 시로 '홍행물'-눈 다래끼 '천사'-눈꺼풀.'눈곱'-초콜릿. 본다는 것은 늘 남성중심영역이었다. 이상은 여성의 목소리로 말하며 이런 관습도 거부한다.

거리의음악사는따스한봄을마구뿌린걸인같은천사. 천사는참새처럼수척한천사를데리고다닌다.

천사의배암같은회초리로천사를때린다.

천사는웃는다, 천사는고무풍선처럼부풀어진다.

천사의흥행은사람들의눈을끈다.

사람들은천사의정조의모습을지닌다고하는원색사진판그림엽서를산다.

천사는신발을떨어뜨리고도망한다.

천사는한꺼번에열개이상의덫을내어던진다.

일력은초콜레이트을늘이다.

여자는초콜레이트으로화장하는것이다.

여자는트렁크속에흙탕투성이가된즈로오스와함께엎드러져운다.

여자는트렁크를운반한다.

여자의트렁크는축음기다.

축음기는나팔처럼홍도깨비청도깨비를불러들였다.

홍도깨비청도깨비는펭귄이다. 사루마다밖에입지않은펭귄은수종이다.

여자는코끼리의눈과두개골크기만한수정눈을종횡으로굴리어추파를남발하였다.

여자는만월을잘게잘게썰어서향연을베푼다. 사람들은그것을먹고돼지처럼뚱뚱해지는초콜레이트냄새를방산하는것이다.

8

삼차각설계도
三次角設計圖

삼차각설계도

선線에 관한 각서覺書*

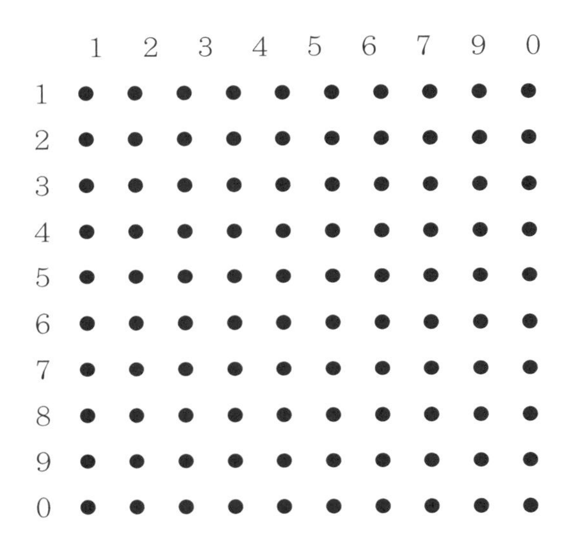

(우주는멱冪에의하는멱에의한다)

(사람들은숫자를버리라)

(고요하게나를전자電子의양자陽子로하라)

스펙톨

축X 축Y 축Z

* 유클리드 기하학을 너머 해석기하학 너머 뉴턴 중력의 법칙을 너머 아인슈타인 상대성이론이 나타나 절대적 시간개념이란 없음을 담고 시를 마친다.

속도etc의통제예컨대광선은매초당300,000킬로미터달아나는것이확실하다면사람의발명은매초당600,000킬로미터로달아날수없다는법은물론없다. 그것을기십배기백배기천배기만배기억배기조배하면사람은수십년수백년수천년수만년수억년수조년의태고의사실이보여질것이아닌가, 그것을또끊임없이붕괴하는것이라고하는가, 원자는원자이고원자이고원자이다, 생리작용은변이하는것인가, 원자는원자가아니고원자가아니다, 방사는붕괴인가, 사람은영겁인영겁을살릴수있는것은생명은생生도아니고명命도아니고광선인것이라는것이다.

취각臭覺의미각과미각의취각

(입체에의절망에의한탄생)
(충동에의절망에의한탄생)
(지구는빈집일경우봉건시대는눈물이나리만큼그립다)

삼차각설계도

선에 관한 각서 2*

1+3

3+1

3+1 1+3

1+3 3+1

1+3 1+3

3+1 3+1

3+1

1+3

선상線上의 점點 A

선상線上의 점點 B

선상線上의 점點 C

A+B+C=A

A+B+C=B

A+B=C=C

이선二線의 교점交點 A

삼선三線의 교점交點 B

---

* 1= 1차원, 2=2차원, 3= 3차원 1+4= 4차원 만이 아닌 기호집합체인 사영기하학을 뜻한다고 한다. 현대 문명발전이 절망스럽지 않은가. 이상도 일찍 절망,새로운 가치가 태어나길 절규했던 것일 게다.

수선數線의 교점交點 C

3+1
1+3
1+3 3+1
3+1 1+3
3+1 3+1
1+3 1+3
1+3
3+1

(태양광선은, 凸렌즈때문에수렴광선이되어일점一點에있어서혁혁赫赫히빛나고혁혁히불탔다. 태초의요행은무엇보다도대기의층과층이이루는층으로하여금凸렌즈되게하지아니하였던것에있다는것을생각하니낙樂이된다. 기하학은凸렌즈와같은불장난은아닐는지, 유우크리트는사망해버린오늘유우크리트의초점은도달에있어서인문人文의뇌수腦髓를마른풀같이소각하는수렴작용을나열하는것에의하여최대의수렴작용을재촉하는위험을재촉한다. 사람은절망하라. 사람은탄생하라. 사람은절망하라)

삼차각설계도

선에관한각서 3*

	1	2	3
1	●	●	●
2	●	●	●
3	●	●	●

	3	2	1
3	●	●	●
2	●	●	●
1	●	●	●

$\therefore nPn = n(n-1)(n-2) \cdots\cdots (n-n+1)$ *

(뇌수는부채와같이원까지펴졌다, 그리고완전히회전하였다)**

---

* 이 수식은 공식을 그대로 차용.

** 수식의 공식으로 답을 못구하자. 머리가 부채가 되고 돌아버릴지경.

삼차각설계도

선에관한각서 4*

(미정고未定稿)

탄환이일원도를질주했다(탄환이일직선으로질주했다에있어서의오류등을수정)

정육설탕(각설탕을칭함)

폭통의해면질충전(폭포의문학적해설)

* 아인슈타인 상대정원리 등장 후 절대 시간과 공간개념이 바뀌어 생각이 많은 상태.

삼차각설계도

선에관한각서 5

사람은 빛보다빠르게달아나면사람은빛을보는가, 사람은빛을본다, 연령의진공에있어서두번결혼한다, 세번결혼하는가, 사람은빛보다도빠르게달아나라.

미래로달아나서과거를본다,과거로달아나서미래를보는가, 미래로달아나는것은과거로달아나는것과동일한것도아니고미래로 달아나는것이과거로달아나는것이다. 확대하는우주를우려하는자여, 과거에살으라, 빛보다도빠르게미래로달아나라.

사람은다시한번나를맞이한다, 사람은보다젊은나를적어도만나기는한다, 사람은세번나를맞이한다, 사람은젊은나를적어도만나기는한다, 사람은편하게기다리라, 그리고파우스트를즐기거라, 메퓌스트는나에게있는것도아니고나이다.

속도를조절하는날사람은나를모은다, 무수한나는말譚하지아니한다, 무수한과거를경청하는현재를과거로하는것은불원간이다, 자꾸만반복되는과거,무수한과거를경청하는무수한과거,현재는오직과거만을인쇄하고과거는현재와일치하는것은그것들의복수의경우에있어서도구별될수없는것이다.

연상은처녀로하라, 과거를현재로알라, 사람은옛것을새것으로아는도다, 건망이여,영원한망각은망각을모두구한다.

내도할나는그때문에무의식중에사람에일치하고사람보다도빠르게나는달아난다, 새로운미래는새롭게있다, 사람은빠르게달아난다, 사람은광선을드디어선행하고미래에있어서과거를대기한다, 우선사람은하나의나를맞이하라, 사람은전등형에있어서 나를죽이라.

사람은전등형의체조의기술을습득하라. 그렇지않다면사람은과거의나의파편을여하히할것인가.

사고의파편을반추하라, 불연不然이라면새로운 것은불완전이다, 연상을죽이라, 하나를아는자는셋을하는것을하나를아는것의다음으로하는것을그만두어라, 하나를아는것의다음은하나의것을아는것을하는것을있게하라.

사람은한꺼번에한번을달아나라, 최대한달아나라, 사람은두번분만되기전에××되기전에조상의조상의 성운의성운의성운의 태초를미래에있어서보는두려움으로하여사람은빠르게달아나는것을유보한다, 사람은달아난다, 빠르게달아나서영원에살고과거를애무하고과거로부터다시과거에산다, 동심이여, 동심이여, 충족될수없는영원의동심이여.*

* 절대적 시간의 관념을 바꾼 아인쉬타인의 상대성 원리 '모든 움직임은 빛의 속도를 넘을 수 없다'와 시간여행은 불가능하단 것에 사람은 무엇인가에 의미를 새롭게 세어봄. 빛의 속도로는 시간이 정지하여 영원히 살며 미래에서 과거를 바라볼 수 있지만, 자신의 공상이'어린 마음'에서 나옴을 말함.

삼차각설계도

선에관한각서 6*

숫자의방위학

4　4　4　4

숫자의역학

시간성(통속사고에의한역사성)

속도와좌표와속도

4 + 4

4 + 4

4 + 4

4 + 4

etc

* 새로운 4차원 시공계의 가능성에 여러 상념을 씀.

사람은정력학의현상하지아니하는것과동일하는것의영원한가설이다, 사람은사람의객관을버리라.

주관의체계의수렴과수렴에의한凹렌즈.

4 제4세

4 1931년9월12일생.

4 양자핵으로서의양자와양자와의연상과선택.

원자구조로서의일체의운산의연구.

방위와구조식과질량으로서의숫자의성태성질에의한해답과해답의분류.

숫자를대수적인것으로하는것에서숫자를숫자적인것으로하는것에서숫자를숫자인것으로하는것에서숫자를숫자인것으로하는것에(1 2 3 4 5 6 7 8 9 0 의질환의구명과시적인정서의기각처)

(숫자의일체의성태 숫자의일체의성질 이런것들에의한숫자의어미의활용에의한숫자의소멸)

수식은광선과광선보다도빠르게달아나는사람과에의하여운산될것.

사람은별—천체—별때문에희생을아끼는것은무의미하다, 별과별과의인력권과인력권과의상쇄에의한가속도함수의변화의조사를우선작성할것.

삼차각설계도

선에관한각서 7*

공기구조의속도—음파音波에의한—속도처럼백삼십미터를모방模倣한다(광선에비할때참너무도열등하구나)

빛을즐기거라, 빛을슬퍼하거라, 빛을웃어라, 빛을울어라.

빛이사람이라면사람은거울이다.

빛을가지라.

——

시각視覺의이름을가지는 것은계량計量의효시嚆矢이다. 시각의 이름을 발표하라.

□ 나의이름.

△ 나의아내의이름(이미오래된과거에있어서나의

* 선에 관한 각서의 마무리 시. 시각에만 기대서는 안된다.
지금은 미래에서 보면 과거란 것.현상적인 것에 매이지 말라는 것.

AMOUREUSE는이와같이도총명하니라)

시각의이름의통로는설치하라. 그리고그것에다최대의속도를부여하라.

——

하늘은시각의이름에대하여서만존재를명백히한다.(대표인나는대표인일례一例를 들것)

창공蒼空, 추천秋天, 창천蒼天, 청천靑天, 장천長天, 일천一天, 창궁蒼穹(대단히 갑갑한 지방색地方色이 아닐른지) 하늘은시각視覺의이름을 발표했다.

시각의이름은사람과같이영원히살아야하는숫자적인어떤일점一點이다. 시각의이름은운동하지아니하면서운동의코오스를가질뿐이다.

——

시각의이름은광선을가지는광선을아니가진다. 사람

은시각의이름으로하여광선보다도빠르게달아날필요는없다.

시각의이름들을건망健忘하라.

시각의이름을절약하라.

사람은빛보다도빠르게달아나는속도를조절하고때때로과거를미래에있어서도태淘汰하라.

9

건축무한육면각체

건축무한육면각체

AU MAGASIN DE NOUVEAUTES*

사각형의내부의사각형의내부의사각형의내부의사각형의내부의사각형.

사각이난원운동의사각이난원운동 의 사각 이 난 원.

비누가통과하는혈관의비눗내를투시하는사람.

지구를모형으로만들어진지구의를모형으로만들어진지구.

거세된양말.(그여인의이름은워어즈였다)

빈혈면포,당신의얼굴빛깔도참새다리같습네다.

평행사변형대각선방향을추진하는막대한중량.

마르세이유의봄을해람한코티의향수의마지한동양의가을

쾌청의공중에붕유하는Z백호. 회충양약이라고씌어져있다.

옥상정원. 원후를흉내내이고있는마드무아젤.

만곡된직선을직선으로질주하는낙체공식.

시계문자반에XII에내리워진일개의침수된황혼.

도어의내부의도어의내부의조롱의내부의카나리아의내부의감살문호의내부의인사.

---

* 프랑스어 '신기한 것들이 있는 상점에서' 백화점을 두고 시씀. 옥상에 올라서 회충약광고 비행선을 본다. 여성모델 광고판, 비누진열장, 상품실은 삼륜차 등 기하학적 시선으로 묘사함.

식당의문간에방금도달한자웅과같은붕우가헤어진다.

검정잉크가엎질러진각설탕이삼륜차에실린다.

명함을짓밟는군용장화. 가구를질구하는조화금련.

위에서내려오고밑에서올라가고위에서내려오고밑에서올라간사람은밑에서올라가지아니한위에서내려오지아니한밑에서올라가지아니한위에서내려오지아니한사람.

저여자의하반은저남자의상반에흡사하다.(나는애련한해후에애처로워하는나)

사각이난케—스가걷기시작이다.(소름끼치는일이다)

라지에—터의근방에서승천하는꾿바이.

바깥은우중. 발광어류의군집이동.

건축무한육면각체

열하약도 No.2 미정고未定稿

1931년의풍운을적적하게말하고있는탱크가이른아침짙은안개에붉게녹슬어있다.

객석의구들의내부.(실험용알콜램프가등불노릇을하고 있다)

벨이울린다.

아이가20년전에사망한온천의재분출을알린다.

건축무한육면각체

진단 0:1*

어떤환자의용태에관한문제

1 2 3 4 5 6 7 8 9 0 ●

1 2 3 4 5 6 7 8 9 ● 0

1 2 3 4 5 6 7 8 ● 9 0

1 2 3 4 5 6 7 ● 8 9 0

1 2 3 4 5 6 ● 7 8 9 0

1 2 3 4 5 ● 6 7 8 9 0

1 2 3 4 ● 5 6 7 8 9 0

1 2 3 ● 4 5 6 7 8 9 0

1 2 ● 3 4 5 6 7 8 9 0

1 ● 2 3 4 5 6 7 8 9 0

● 1 2 3 4 5 6 7 8 9 0

진단 0 : 1

26 · 10 · 1931

이상 책임의사 이상

---

* 아무리 합리성으로 휘어잡은 세상이라도 결국 0으로 스러짐.

건축무한육면각체

이십이년 二十二年*

전후좌우를제한유일한흔적에있어서

익은불서　목대불도(翼殷不逝　目大不覩)

반왜소형의신의안전에서내가낙상한고사가 있다

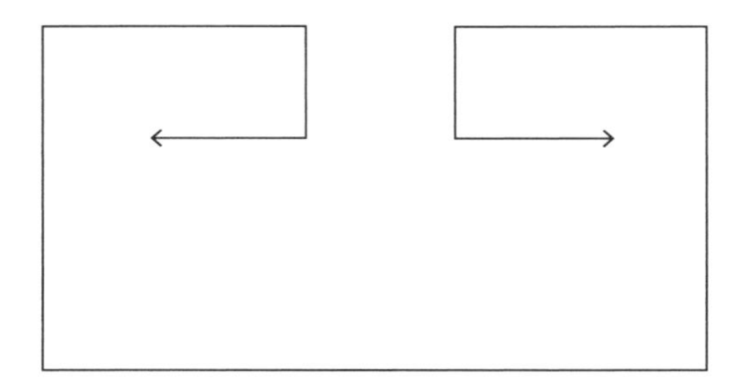

(장부　그것은침수된축사와다를것인가)

* 이상이 일본어로 쓴 가장 난해하다는 시. 가슴 X선 촬영사진을 보며 물속에 잠긴 축사같다는 것. 혈관은 있으나 폐가 없다는 중증 폐결핵 앓는 절망감을 담음.

건축무한육면각체

출판법*

I

허위고발이라는죄목이나에게사형을언도했다. 자태를감춘증기속에서몸을가누고나는아스팔트가마를비예하였다.

—직에관한전고한구절—

기부양양 기자직지

나는안다는것을알아가고있었던까닭에알수없었던나에대한집행이한창일때나는다시금새로운것을알아야만했다.

나는새하얗게드러난골편을주워모으기시작했다.

'거죽과살은나중에라도붙을것이다'

말라떨어진고혈에대해나는단념하지아니하면아니되었다.

II 어느경찰탐정의비밀신문실에서

혐의자로검거된남자가지도의인쇄된분뇨를배설하고다시금그걸삼킨것에대해경찰탐정은아는바가하나

* 인쇄 출판을 뜻하는 타이포그래피에 대한 규제, 특히 조선통독부의 검열제도를 돌려서 비판함.

도있지않다. 발각될리없는급수성소화작용 사람들은 이것이야말로요술이라고말할 것이다.

'너는광부에다름이없다'

참고로부언하면남자의근육의단면은흑요석처럼빛나고있었다고한다.

III 호외

자석수축하기시작하다

원인극히불문명하나대외경제파탄으로인한탈옥사건에관련되는바가크다고보임. 사계의요인들이머리를맞대고비밀리에연구조사중.

개방된시험관의열쇠는내손바닥에전등형의운하를굴착하고있다. 곧이어여과된고혈같은강물이왕양하게흘러들어왔다.

IV

낙엽이창호를삼투하여내정장의자개단추를엄호한다.

암 살

지형명세작업이아직도완료되지않은이궁벽한땅에불가사의한우체교통이벌써시행되었다. 나는불안을절망했다.

일력의반역적으로나는방향을잃었다. 내눈동자는냉각된액체를잘게잘라내며낙엽의분망을열심히방조하는수밖에없었다.

(나의원후류에의진화)*

* 원숭이에서 진화한 인간이 동물과 다름은 언어와 문자를 가져서라는 걸 되새김.

건축무한육면각체

차 8씨의 출발

균열이생긴장가이녕의땅에한대의곤봉을꽂음.
한 대는한대대로커짐.[*]
수목이자라남.

이상 꽂는것과자라나는것과의원만한융합을가르침.

사막에성한한대의산호나무곁에서돼지같은사람이생매장당하는일을당하는일은없고쓸쓸하게생매장하는것에의하여자살한다.

만월은비행기보다신선하게공기속을추진하는것의신선이란산호나무의음울함을더이상으로증대하는것의이전의일이다.[**]

윤부전지 전개된지구의를앞에두고서의설문일제.

곤봉은사람에게지면을떠나는아크로바티를가르치는데사람은해득하는것은불가능인가.

지구를굴착하라.

동시에

생리작용이가져오는상식을포기하라.

열심으로질주하고 또 열심으로질주하고 또 열심으

---

* 홀로 잘 커감.

** 구본웅='곤봉' 달을 보며 그의 성향인 우울함이 벗어남을 보여줌. 윤부전지 - 장자의 천하편을 빌려 바퀴는 땅을 딛지 않는다에서 蹍을 輾으로 바꿔 '수레는 땅에 구르지 않는다'로 구본웅의 걸음새를 말함. 차且에 팔八자를 붙여 구본웅의 성 구具로 만들어 말놀이의 비범함을 보임. 불구였던 구본웅의 예술 감각에 대한 칭찬과 연민과 정을 담은 시.

로질주하고 또 열심으로질주하는 사람 은 열심으로질주하는 일들을정지한다.

사막보다도정밀한절망은사람을불러세우는무표정한표정의 무지한한대의산호나무의사람의발경의배방인전방에상대하는자말적인공구때문이지만사람의절망은정밀한것을유지하는성격이다.

지구를 굴착하라

동시에

사람의숙명적발광은곤봉을내어미는것이어라*

*사실차8씨는자발적으로발광하였다. 그리하여어느덧차8씨의온실에는은화식물이꽃을피우고있었다. 눈물에젖은감광지가태양에마주쳐서는히스므레하게빛을내었다.

건축무한육면각체

대낮 —어떤ESQUISSE[*]—

○

ELEVATER FOR AMERICA[**]

○

세마리의닭은사문석의계단이다. 룸펜과모포.

○

뻴딩이토해내는신문배달부의무리. 도시계획의암시.

○

둘째번의정오싸이렌.

○

---

* 초벌그림, 스케치란 프랑스 말. 이 시는 몽타주 기법으로 이어놓아, 부제로 스케치라 밝힘. '구인회'친구들과 만나 도심을 떠도는 모습을 묘사함.

** 당시 초고속 엘리베이터67대가 설치된 '엠파이어스테이트 빌딩'의 완공뉴스와 관련.

비누거품에씻기우는닭. 개아미집에모여서콘크리트를먹고있다.

○

남자를반나하는석두.
남자는석두를백정을싫어하듯싫어한다.

○

얼룩고양이와같은꼴을하고서태양군의틈사구니를쏘다니는시인. 꼭끼요—.

순간 자기와 같은태양이다시또한개솟아올랐다.

청령 蜻蛉*

건드리면손끝에묻을듯이빨간봉선화
너울너울하마날아오를듯하얀봉선화
그리고어느틈엔가남南으로고개를돌리는듯한일편단심一片丹心의해바라기—
이런꽃으로꾸며졌다는고호**의무덤은참얼마나아름다우리까.

산山은맑은날바라보아도
늦은봄비에젖은듯보얗습니다.

포푸라는마을의지표指標와도같이
실바람에그뽑은듯헌출한키를

포물선抛物線으로굽혀가면서진공眞空과같이마알간대기大氣속에서
원경遠景을축소縮少하고있습니다

몸과나래도가벼운듯이잠자리가활동活動입니다
헌데그것은과연날고있는걸까요

---

* 이상의 거의 유일한 자연풍경 묘사 – 한낮에 잠자리 모습
** 이상이 좋아했던 화가

흡사恰似진공속에서라도날을법한데,

혹或누가눈에보이지않는줄을이리저리당기는것이나아니겠나요.

한개個의 밤

여울에서는도도滔滔한소리를치며
비류강沸流江이흐르고있다.
그수면에아른아른한자색층紫色層이어린다.

십이봉十二峰봉우리로차단되어
내가서성거리는훨씬후력後力까지도이미황혼이깃들
어있다
으스름한대기를누벼가듯이
지하로지하로숨어버리는하류河流는검으틱틱한게펵
은싸늘하구나.

십이봉사이로는
빨갛게물든노을이바라보이고

종鐘이울린다.

불행不幸이여
지금강변에황혼의그늘
땅을길게뒤덮고도오히려남을손불행이여
소리날세라신방에창장窓帳을치듯
눈을감은자나는보잘것없이낙백落魄한사람.

이젠아주어두워들어왔구나
십이봉사이사이로
하마별이하나둘모여들기시작始作아닐까
나는그것을보려고하지않았을뿐
차라리초원의어느한점을응시한다.

문을닫은것처럼캄캄한색色을띠운채
이제비류강沸流江은무겁게도도사려앉는것같고
내육신도천근千斤
주체할도리가없다.

10

각혈의 아침

이상의 미발표 일본어 시 9편 외

척각 隻脚

목발의길이도세월과더불어점점길어져갔다.

신어보지도못한채산적해가는외짝구두의수효數爻를보면슬프게걸어온거리가짐작되었다.

종시終始제자신은지상의수목樹木의다음가는것이라고생각하였다.

수인이 만든 소정원

이슬을아알지못하는다—리야하고바다를아알지못하는금붕어하고가수놓여져있다. 수인이만들은소정원이다. 구름은어이하여방속으로야들어오지아니하는가. 이슬은들창유리에닿아벌써울고있을뿐.

계절의순서도끝남이로다. 주판알의고저는여비와일치하지아니한다. 죄를내어버리고싶다. 죄를내어던지고싶다.

육친肉親의 장章

나는24세. 어머니는바로이낫새에나를낳은것이다. 성聖쎄바스티앙과같이아름다운동생 · 로오자룩셈불크*의목상木像을닮은막내누이 · 어머니는우리들삼인三人에게잉태분만의고락苦樂을말해주었다. 나는삼인三人을대표하여—드디어—

어머니 우린 좀더형제가있었음싶었답니다

—드디어어머니는동생버금으로잉태하자육개월로서유산流産한전말顚末을고告했다.

그녀석은 사내댔는데 올해는19(어머니의한숨)

삼인三人은서로들아알지못하는형제의환영幻影을그려보았다. 이만큼이나컸지—하고형용形容하는어머니의팔목과주먹은수척瘦瘠하여있다. 두 번씩이나객혈을한내가냉정冷情을극極하고있는가족**을위하야빨리안해를맞아야겠다고초조焦燥하는마음이었다. 내가 24세 나도어머니가나를낳으시드키무엇인가를낳아야겠다고생각하는것이었다.

* 로자 룩셈부르크(1871~1919). 독일 여성혁명가.공산주의 운동가

** 화자의 병을 드러내지 않고 안타까워하는 가족의 심정을 뜻함

골편에관한무제

신통하게도혈홍으로염색되지아니하고하얀대로

뻉끼를칠한사과를톱으로쪼갠즉속살은하얀대로

하느님도역시뻉끼칠한세공품을좋아하시지—사과가아무리빨갛더라도속살은역시하얀대로. 하나님은이걸가지고인간을 살짝속이겠다고.

묵죽을사진촬영해서원판을햇볕에비쳐보구료—골격과같다.

두개골은석류같고 아니석류의음화가두개골 같다(?)

여보오 산사람골편을보신일있수?수술실에서— 그건죽은거야요

살아있는골편을보신일있수? 이빨! 어머나— 이빨두그래골편일까요. 그렇담손톱도골편이게요?

난인간만은식물이라고생각됩니다.

운동 運動

일층一層우에있는이층二層우에있는삼층三層우에있는옥상정원屋上庭園에올라서남쪽을보아도아무것도없고북쪽을보아도아무것도없고해서옥상정원밑에있는삼층밑에있는이층밑에있는일층으로내려간즉동쪽에서솟아오른태양이서쪽에떨어지고동쪽에서솟아올라서쪽에떨어지고동쪽에서솟아올라서쪽에떨어지고동쪽에서솟아올라하늘한복판에와있기때문에시계時計를꺼내본즉서기는했으나시간은맞는것이지만시계는나보다도젊지않으냐하는것보다는나는시계보다는늙지아니하였다고아무리해도믿어지는것은필시그럴것임에틀림없는고로나는시계를내동댕이쳐버리고말았다.

각혈喀血의 아침

사과는 깨끗하고 또 춥고 해서 사과를 먹으면 시려워진다.

어째서 그렇게 냉랭한지 책상 위에서 하루 종일 색깔을 변치 아니한다. 차차로—둘이 다 시들어간다.

먼 사람이 그대로 커다랗다 아니 가까운 사람이 그대로 자그마하다 아니 어느 쪽도 아니다 나는 그 어느 누구와도 알지 못하니 말이다 아니 그들의 어느 하나도 나를 알지 못하니 말이다 아니 그 어느 쪽도 아니다 (레일을 타면 전차電車는 어디라도 갈 수 있다)

담배 연기의 한 무더기 그 실내에서 나는 긋지 아니한 성냥을 몇 개비고 부러뜨렸다. 그 실내의 연기의 한 무더기 점화點火되어 나만 남기고 잘도 타나 보다 잉크는 축축하다 연필로 아무렇게나 시커먼 면面을 그리면 연분鉛粉은 종이 위에 흩어진다

리코오드 고랑을 사람이 달린다 거꾸로 달리는 불행한 사람은 나 같기도 하다 멀어지는 음악소리를 바쁘게 듣고 있나 보다

발을 덮는 여자 구두가 가래를 밟는다 땅에서 빈곤

이 묻어온다 받아써서 통념通念해야 할 암호 쓸쓸한 초롱불과 우체통 사람들이 수명壽命을 거느리고 멀어져가는 것이 보인다 그리고 나의 뱃속엔 통신通信이 잠겨 있다.

새장 속에서 지저귀는 새 나는 콧속 털을 잡아 뽑는다

밤 소란한 정적靜寂 속에서 미래未來에 실린 기억이 종이처럼 뒤엎어진다

벌써 나는 내 몸을 볼 수 없다 푸른 하늘이 새장 속에 있는 것같이

멀리서 가위가 손가락을 연신 연방 잘라 간다

검고 가느다란 무게가 내 눈구멍에 넘쳐 왔는데 나는 그림자와 서로 껴안는 나의 몸뚱이를 똑똑히 볼 수 있었다

알맹이까지 빨간 사과가 먹고 싶다는 둥

피가 물들기 때문에 여윈다는 말을 듣곤 먹지 않았던 일이며

나를 놀라게 한 것은 그 종자種子는 이제 심어도 나지 않는다고 단정케 하는 사과 겉껍질의 빨간색 그것이다

공기空氣마저 얼어서 나를 못 통하게 한다 뜰을 주형

鑄型처럼 한 장 한 장 떠낼 수 있을 것 같다
나의 호흡에 탄환彈丸을 쏘아 넣는 놈이 있다
병석病席에 나는 조심조심 조용히 누워 있노라니까
뜰에 바람이 불어서 무엇인가 떼굴떼굴 굴려지고 있는 그런 낌새가 보였다
별이 흔들린다 나의 기억記憶의 순서가 흔들리듯
어릴 적 사진에서 스스로 병病을 진단한다

가브리엘 천사균天使菌내가 가장 불세출不世出의 그리스도라 치고
이 살균제殺菌劑는 마침내 폐결핵肺結核의 혈담血痰이었다고(?)

폐肺 속 빼키칠한 십자가가 날이날마다 발돋움을 한다
폐 속엔 요리사 천사가 있어서 때때로 소변을 본단 말이다
나에 대해 달력의 숫자는 차츰차츰 줄어든다

네온사인은 색소폰같이 야위었다
그리고 나의 정맥靜脈은 휘파람같이 야위었다

하얀 천사가 나의 폐에 가벼이 노크한다
황혼 같은 폐 속에서는 고요히 물이 끓고 있다

고무전선電線을 끌어다가 성聖 베드로가 도청盜聽을 한다
그리곤 세 번이나 천사를 보고 나는 모른다고 한다
그때 닭이 홰를 친다—어엇 끓는 물을 엎지르면 야단 야단—

봄이 와서 따스한 건 지구의 아궁이에 불을 지폈기 때문이다
모두가 끓어오른다 아지랑이처럼
나만이 사금파리 모양 남는다
나무들조차 끓어서 푸른 거품을 자꾸 뿜어 내고 있는데도

회한悔恨의 장章

가장 무력無力한 사내가 되기 위해 나는 얼금뱅이었다
세상에 한 여성조차 나를 돌아보지는 않는다
나의 나태懶怠는 안심安心이다

양팔을 자르고 나의 직무職務를 회피한다
이제는 나에게 일을 하라는 자는 없다
내가 무서워하는 지배支配는 어디서도 찾아볼 수 없다

역사歷史는 무거운 짐이다
세상에 대한 사표辭表 쓰기란 더욱 무거운 짐이다
나는 나의 문자들을 가둬 버렸다
도서관에서 온 소환장召喚狀을 이제 난 읽지 못한다

나는 이젠 세상에 맞지 않는 옷이다
봉분封墳보다도 나의 의무는 적다
나에겐 그 무엇을 이해해야 하는 고통은 완전히 사라져 버렸다

나는 아무 때문도 보지는 않는다

그렇기 때문에 나는 아무 것에게도 또한 보이지 않을 게다

처음으로 나는 완전히 비겁해지기에 성공한 셈이다

가구街衢의 추위

— 천구백삼십삼, 삼월십칠일의 실내室內의 건件

네온사인은섹소폰과같이수척瘦瘠하여있다.

파란정맥靜脈을절단切斷하니새빨간동맥動脈이었다.

—그것은파란동맥이었기때문이다—

—아니!새빨간동맥이라도저렇게피부에매몰埋沒되어있으면……

보라!네온사인인들저렇게가만—히있는것같아보여도기실은부단히네온가스가흐르고있는게란다.

—폐병肺病쟁이가섹소폰을불었더니위험한혈액이검온계와같이

—기실은부단히수명壽命이흐르고있는게란다

내과 內科

—자가용복음自家用福音
—혹은 엘리엘리 라마싸박다니

하이얀천사 이수염난천사는큐피드의조부祖父님이다
수염이전연全然?나지아니하는천사하고흔히 결혼하기도한다.

나의늑골은2떠—즈(ㄴ). 그하나하나에노크하여본다. 그속에서는해면海綿에젖은더운물이끓고있다. 하이얀천사의펜네임은성聖피—타—라고. 고무의 전선電線 똑똑똑똑
버글버글 열쇠구멍으로도청.

(발신發信) 유다야사람의임금님 주무시나요?
(반신返信) 찌—따찌—따따찌—찌—(1)찌—따찌—따따찌—찌—(2) 찌—따찌—따따찌—찌—(3)

흰뺑끼로칠한십자가에서내가점점키가커진다. 성聖피—타—군君이나에게세번식式이나아알지못한다고그린다. 순간瞬間닭이활개를친다……

어얼 크 더운물을 엎질러서야 큰일날노릇

아침

안해는낙타를닮아서편지를삼킨채로죽어가나보다. 벌써나는그것을읽어버리고있다. 안해는그것을아알지못하는것인가. 오전열시전등을끄려고한다. 안해가만류한다. 꿈이부상浮上되어있는것이다. 석달동안안해는회답을쓰고자하여상금尙今써놓지는못하고있다. 한장얇은접시를닮아안해의표정은창백하게수척하여있다. 나는외출하지아니하면아니된다. 나에게부탁하면된다. 자네애인을불러줌세 아드레스도알고있다네

최후*

사과한알이떨어졌다. 지구는부서질정도로아팠다. 최후.
이미여하한정신도발아하지아니한다.

* 물질문명이 인간정신을 억누를 수 있음을 심플하게 보여줌. 이상의 시 핵심과 이어진 시

단편 소설

봉별기 逢別記

1

스물세 살이오.—삼월이오.—각혈이다. 여섯 달 잘 기른 수염을 하루 면도칼로 다듬어 코밑에다만 나비만큼 남겨 가지고 약 한 제 지어 들고 B라는 신개지新開地 한적한 온천으로 갔다. 게서 나는 죽어도 좋았다.

그러나 이내 아직 기를 펴지 못한 청춘이 약탕관을 붙들고 늘어져서는 날 살리라고 보채는 것은 어찌하는 수가 없다. 여관 한등寒燈 아래 밤이면 나는 늘 억울해했다.

사흘을 못 참고 기어 나는 여관 주인 영감을 앞장세워 밤에 장고長鼓 소리 나는 집으로 찾아갔다. 게서 만난 것이 금홍錦紅이다.

"몇 살인고?"

체대가 비록 풋고추만 하나 깡그라진 계집이 제법 맛이 맵다. 열여섯 살? 많아야 열아홉 살이지 하고 있자니까,

"스물한 살이에요."

"그럼 내 나인 몇 살이나 돼 뵈지?"

"글세 마흔? 서른아홉?"

나는 그저 흥! 그래 버렸다. 그리고 팔짱을 떡 끼고

앉아서는 더욱더욱 점잖은 체 했다. 그냥 그날은 무사히 헤어졌건만—.

이튿날 화우畵友 K 군이 왔다. 이 사람인즉 나와 농弄하는 친구다. 나는 어쨌든 수 없이 그 나비 같다면서 달고 다니던 코밑수염을 아주 밀어 버렸다. 그리고 날이 저물기가 급하게 또 금홍이를 만나러 갔다.

"어디서 뵌 어른 같은데."

"엊저녁에 왔든 수염 난 냥반 내가 바루 아들이지. 목소리꺼지 닮었지?"

하고 익살을 부렸다. 주석主席이 어느덧 파하고 마당에 내려서다가 K 군의 귀에 대고 나는 이렇게 속삭였다.

"어때? 괜찮지? 자네 한번 얼러 보게."

"관두게, 자네나 얼러 보게."

"어쨌든 여관으로 껄구 가서 짱껭뽕* 을 해서 정하기루 허세나."

"거 좋지."

그랬는데 K 군은 측간에 가는 체하고 피해 버렸기 때문에 나는 부전승으로 금홍이를 이겼다. 그날 밤에 금홍이는 금홍이가 경산부經産婦라는 것을 감추지 않았다.

* 일본어로 '가위바위보'.

"언제?"

"열여섯 살에 머리 앉어서 열일곱 살에 낳았지."

"아들?"

"딸."

"어딨나?"

"돌 만에 죽었어."

지어 가지고 온 약은 집어치우고 나는 전혀 금홍이를 사랑하는 데만 골몰했다. 못난 소린 듯하나 사랑의 힘으로 각혈이 다 멈췄으니까-.

나는 금홍이에게 노름채* 를 주지 않았다. 왜? 날마다 밤마다 금홍이가 내 방에 있거나 내가 금홍이 방에 있거나 했기 때문에—.

그 대신—.

우禹라는 불란서 유학생의 유야랑遊冶郎을 나는 금홍이에게 권하였다. 금홍이는 내 말대로 우 씨와 더불어 '독탕獨湯'에 들어갔다. 이 '독탕'이라는 것은 좀 음란한 설비였다. 나는 이 음란한 설비 문간에 나란히 벗어놓은 우 씨와 금홍이 신발을 보고 언짢아하지 않았다.

나는 또 내 곁방에 와 묵고 있는 C라는 변호사에게

---

* 함께 놀아 준 대가로 주는 돈. 화대(花代).

도 금홍이를 권하였다. C는 내 열성에 감동되어 하는 수 없이 금홍이 방을 범했다.

그러나 사랑하는 금홍이는 늘 내 곁에 있었다. 그리고 우, C 등등에게서 받은 십 원 지폐紙幣를 여러 장 꺼내 놓고 어리광 섞어 내게 자랑도 하는 것이었다.

그러자 나는 백부님 소상 때문에 귀경 하지 않으면 안 되게 되었다. 복숭아꽃이 만발하고 정자 곁으로 석간수石間水가 졸졸 흐르는 좋은 터전을 한군데 찾아가서 우리는 석별의 하루를 즐겼다. 정거장에서 나는 금홍이에게 십 원 지폐 한 장을 쥐여 주었다. 금홍이는 이것으로 전당典當 잡힌 시계를 찾겠다고 그러면서 울었다.

2

금홍이가 내 아내가 되었으니까 우리 내외는 참 사랑했다. 서로 지나간 일은 묻지 않기로 하였다. 과거래야 내 과거가 무엇 있을 까닭이 없고 말하자면 내가 금홍이 과거를 묻지 안하기로 한 약속이나 다름없다.

금홍이는 겨우 스물한 살인데 서른한 살 먹은 사람

보다도 나았다. 서른한 살 먹은 사람보다도 나은 금홍이가 내 눈에는 열일곱 살 먹은 소녀로만 보이고 금홍이 눈에 마흔 살 먹은 사람으로 보인 나는 기실 스물세 살이요 게다가 주책이 좀 없어서 똑 여남은 살 먹은 아이 같다. 우리 내외는 이렇게 세상에도 없이 현란絢爛하고 아기자기하였다.

부질없는 세월이—.

일 년이 지나고 팔월, 여름으로는 늦고 가을로는 이른 그 북새통에—.

금홍이에게는 예전 생활에 대한 향수가 왔다.

나는 밤이나 낮이나 누워 잠만 자니까 금홍이에게 대하여 심심하다. 그래서 금홍이는 밖에 나가 심심치 않은 사람들을 만나 심심치 않게 놀고 돌아오는—.

즉 금홍이의 협착한 생활이 금홍이의 향수를 향하여 발전하고 비약하기 시작하였다는 데 지나지 않는 이야기다.

그런데 이번에는 내게 자랑을 하지 않는다. 않을 뿐만 아니라 숨기는 것이다.

이것은 금홍이로서 금홍이답지 않은 일일밖에 없다. 숨길 것이 있나? 숨기지 않아도 좋지. 자랑을 해도 좋지.

나는 아무 말도 하지 않는다. 나는 금홍이 오락의 편

의를 돕기 위하여 가끔 P 군의 집에 가 잤다. P군은 나를 불쌍하다고 그랬던가 싶이 지금 기억된다.

나는 또 이런 것을 생각하지 않았던 것도 아니다. 즉 남의 아내라는 것은 정조를 지켜야 하느니라고!

금홍이는 나를 내 나태한 생활에서 깨우치게 하기 위하여 우정 간음하였다고 나는 호의로 해석하고 싶다. 그러나 세상에 흔히 있는 아내다운 예의를 지키는 체해 본 것은 금홍이로서 말하자면 천려千慮의 일실一失아닐 수 없다.

이런 실없는 정조를 간판 삼자니까 자연 나는 외출이 잦았고 금홍이 사업에 편의를 돕기 위하여 내 방까지도 개방하여 주었다. 그러는 중에도 세월은 흐르는 법이다.

하루 나는 제목 없이 금홍이에게 몹시 얻어맞았다. 나는 아파서 울고 나가서 사흘을 들어오지 못했다. 너무도 금홍이가 무서웠다.

나흘만에 와보니까 금홍이는 때 묻은 버선을 윗목에다 벗어 놓고 나가 버린 뒤였다.

이렇게도 못나게 홀아비가 된 내게 몇 사람의 친구가 금홍이에 관한 불미한 가십을 가지고 와서 나를 위로하는 것이었으나 종시終始 나는 그런 취미를 이해할 도리가 없었다.

버스를 타고 금홍이와 남자는 멀리 과천 관악산으로 가는 것을 보았다는데 정말 그렇다면 그 사람은 내가 쫓아가서 야단이나 칠까 봐 무서워서 그런 모양이니까 퍽 겁쟁이다.

3

인간이라는 것은 임시臨時 거부하기로 한 내 생활이 기억력이라는 민첩한 작용을 하지 않았기 때문에 두 달 후에는 나는 금홍이라는 성명 삼 자까지도 말쑥하게 잊어버리고 말았다. 그런 두절된 세월 가운데 하루 길일을 복卜하여 금홍이가 왕복엽서처럼 돌아왔다. 나는 그만 깜짝 놀랐다.

금홍이의 모양은 뜻밖에도 초췌하여 보이는 것이 참 슬펐다. 나는 꾸짖지 않고 맥주와 붕어과자와 장국밥을 사 먹여 가면서 금홍이를 위로해 주었다. 그러나 금홍이는 좀처럼 화를 풀지 않고 울면서 나를 원망하는 것이었다. 할 수 없어서 나도 그만 울어 버렸다.

"그렇지만 너무 늦었다. 그만해두. 두 달지간之間이 나 되지 않니? 헤어지자, 응?"

"그럼 난 어떻게 되우. 응?"

"마땅헌 데 있거든 가거라, 응?"

"당신두 그럼 장가가나? 응?"

헤어지는 한에도 위로해 보낼지어다. 나는 이런 양식良識 아래 금홍이와 이별했더니라. 갈 때 금홍이는 선물로 내게 베개를 주고 갔다.

그런데 이 베개 말이다.

이 베개는 2인용이다. 싫대도 자꾸 떠맡기고 간 이 베개를 나는 두 주일 동안 혼자 베어 보았다. 너무 길어서 안됐다. 안 됐을 뿐 아니라 내 머리에서는 나지 않는 묘한 머리 기름때 내 때문에 안면安眠이 적이 방해된다.

나는 하루 금홍이에게 엽서를 띄웠다.

'중병에 걸려 누웠으니 얼른 오라'고.

금홍이는 와서 보니까 내가 참 딱했다. 이대로 두었다가는 역시 며칠이 못 가서 굶어 죽을 것같이만 보였던가 보다. 두 팔을 부르걷고 그날부터 나서 벌어다가 나를 먹여 살린다는 것이다.

'오—케—.'

인간천국—그러나 날이 좀 추웠다. 그러나 나는 대단히 안일하였기 때문에 재채기도 하지 않았다.

이러기를 두 달? 아니 다섯 달이나 되나보다. 금홍이는 홀연히 외출했다.

달포를 두고 금홍이 '홈씩'*을 기대하다가 진력이 나서 나는 기명집물器皿什物을 뚜들겨 팔아 버리고 이십일 년 만에 '집'으로 돌아갔다.

와 보니 우리 집은 노쇠했다. 이어 불초 이상李箱은 이 노쇠한 가정을 아주 쑥밭을 만들어 버렸다. 그동안 이태가량—.

어언간 나도 노쇠해 버렸다. 나는 스물일곱 살이나 먹어 버렸다.

천하의 여성은 다소간 매춘부의 요소를 품었느니라고 나 혼자는 굳이 신념한다. 그 대신 내가 매춘부에게 은화를 지불하면서는 한 번도 그네들을 매춘부라고 생각한 일이 없다. 이것은 내 금홍이와의 생활에서 얻은 체험만으로는 성립되지 않는 이론같이 생각되나 기실 내 진담이다.

---

* homesick. 향수병을 가리킨다.

4

나는 몇 편의 소설과 몇 줄의 시를 써서 내 쇠망해 가는 심신 위에 치욕을 배가하였다. 이 이상 내가 이 땅에서의 생존을 계속하기가 자못 어려울 지경에까지 이르렀다. 나는 하여간 허울 좋게 말하자면 망명해야겠다.

어디로 갈까. 나는 만나는 사람마다 동경東京으로 가겠다고 호언했다. 그뿐 아니라 어느 친구에게는 전기기술에 관한 전문공부를 하려 간다는 둥, 학교선생님을 만나서는 고급 단식인쇄술單式印刷術을 연구하겠다는 둥, 친한 친구에게는 내 5개 국어에 능통할 작정일세 어쩌구 심하면 법률을 배우겠소까지 허담을 탕탕하는 것이다. 웬만한 친구는 보통들 속나 보다. 그러나 이 헛 선전을 안 믿는 사람도 더러는 있다. 여하간 이것은 영영 빈빈털터리가 되어 버린 이상李箱의 마지막 공포에 지나지 않는 것만은 사실이겠다.

어느 날 나는 이렇게 여전히 공포를 놓으면서 친구들과 술을 먹고 있자니까 내 어깨를 툭 치는 사람이 있다. '긴 상'이라는 이다.

"긴 상(이상李箱도 사실은 긴상이다.) 참 오래간만

이수. 건데 긴 상 꼭 긴 상 한 번 만나 뵙자는 사람이 하나 있는데 긴 상 어떻거시려우."

"거 누군구. 남자야? 여자야?"

"여자라?"

"긴 상 옛날 옥상*."

금홍이가 서울에 나타났다는 이야기다. 나타났으면 나타났지 나를 왜 찾누?

나는 긴상에서 금홍이의 숙소를 알아 가지고 어쩔 것인가 망설였다. 숙소는 동생 일심一心이 집이다.

드디어 나는 만나보기로 결심하고 그리고 일심이 집을 찾아가서

"언니가 왔다지?"

"어유—아제두, 돌아가신 줄 알았구려! 그래 자그만치 인제 온단 말슴유, 어서 드로수."

금홍이는 역시 초췌하다. 생활전선에선의 피로의 빛이 그 얼굴에 여실하였다.

"네눔 하나 보구 져서 서울 왔지 내 서울 뭘 허려 왔다디?"

* 일본어로 상대방의 부인

"그러게 또 난 이렇게 널 찾어오지 않었니?"

"너 장가갔다드구나."

"애 디끼 싫다. 그 육모초 겉은 소리."

"안 갔단 말이냐 그럼."

"그럼."

당장에 목침이 내 면상을 향하여 날아 들어왔다. 나는 예나 다름이 없이 못나게 웃어 주었다.

술상을 보았다. 나도 한잔 먹고 금홍이도 한잔 먹었다. 나는 영변가寧邊歌를 한 마디하고 금홍이는 육자백이를 한 마디했다.

밤은 이미 깊었고 우리 이야기는 이게 이 생에서의 영이별永離別이라는 결론으로 밀려갔다. 금홍이의 은수저로 소반 전을 딱딱 치면서 내가 한 번도 들은 일이 없는 구슬픈 창가를 한다.

"속아도 꿈결 속여도 꿈결 굽이굽이 뜨내기 세상 그늘진 심정에 불 질러 버려라 운운云云."

《여성女性》, 1936년 12월, 44~46쪽.

오늘도 살아있는 이상

김승희

1. 이상은 누구인가?/절망이 기교를 낳고 기교는 절망을 낳고

이상만큼 개인 신화에 매몰된 시인도 드물 것이고 이상만큼 스캔들로 치장된 작가도 드물다. 모던이 부족한 우리 현대 시사에서 여전히 '살아있는 이상'이고, 이상은 여전히 '오늘의 문학'이다. 이제 그 개인 신화와 스캔들로 가득찬 '모던 뽀이'의 미망을 걷고 그가 한국 문학과 한국 문화에 남긴 상처 같은 이슈들을 들여다 볼 때가 되었다. 그는 누구보다도 시대를 앞선 초현실주의, 다다이즘, 입체파, 미래파 등등 근대성의 총아였지만, 그러나 어느 누구보다도 근대의 고뇌를, 근대의 슬픔을, 근대의 우울증을 앓았던 근대성의 환자이기도 하였다. 가난한 부모님께 생활비를 충분히 못 드리는 맏아들로서 효도를 못해 괴로워하던 19세기적 이상의 모습도 작품 속에 드러난다. "나는 19세기와 20세기 사이에 끼여 졸도하려 드는 무뢰한"이라고 자신 속에 남은 19세기적인 것과 근대 사이의 갈등에 괴로워하던 그였다.

시인이자 소설가, 수필가이자 화가, 삽화가이자 미술평론가 등등으로 하이브리드 예술가이자, 언제나

경계를 뛰어넘고자 하는 지적 노마드였다. 문학은 하나의 개인적 카르테요, 사회 역사적 카르테가 될 수 밖에 없다. 개인적 질병과 사회적 질병이 포개지는 이중적 운명을 피할 수가 없다. 그리하여 이상은 그 시대 최고의 지적 노마드, 야수적 자본주의의 비판자, 공적 근대성과 식민지 교육의 최대의 수혜자이면서 청년 백수, 아름다운 루저, 시대의 조롱자가 될 수밖에 없었던 실업과 적빈의 아픈 상징으로, 몸 파는 자본주의의 처참한 기둥서방으로 오늘도 우리들의 문제 속에 홀연히 나타난다. 오늘도 현대의 진단서를 쓰고 있는 '살아있는 이상'이다.

그의 대표시 「오감도烏瞰圖」는 바로 21세기의 진단서다. 그 모습은 종말론적 시간 속을 자본의 채찍에 내몰려 달려야만 하고 무한경쟁에 시달리며 옆의 동료를 무서워하며 살아가야 하는 바로 21세기 우리 학교의 풍경, 우리 사무실의 초상이 아니고 무엇인가. 그런데 거기까지라면 천재 이상이 아니다. 근대의 이분법적 절벽을 탈근대의 유희로 해체해버린다. 순간 공포가 웃음이 된다. 근대성의 멜랑콜리를 탈근대의 웃음으로 뛰어넘는다. 여기에 이상문학의 약이자 독, 곧 파르마콘이 있다.

내 속에 내가 너무 많아- 와글와글 하는 '나'들과 나

1910년 9월 23일 서울 사직동에서 한일합방(국권침탈)인 1910년 그는 망국과 더불어 태어났다. 강릉 김씨며 백부 김연필은 총독부 상공과의 기술직에 종사하는 전형적인 서울 중산층이었다고 한다. 친부인 김영창은 궁내부 활판부에서 일을 하다 절단기에 손가락이 세 개나 잘렸으며 활판소를 그만 둔 뒤 이발소를 경영하였다고 한다. 본명은 바다같이 큰 벼슬을 하라는 뜻으로 '해경海卿'으로 지어졌다. 너무 많은 아버지와 너무 많은 나'는 이상 문학의 주요 모티프다. 즉 모성적 존재가 적었다는 것이 이상 분열의 원인인 것은 여러 학자에 의해 이미 분석된 바이다.

나의아버지가나의겨테서조을적에나는나의아버지가되고또나는나의아버지의아버지가되고그런데도나의아버지는나의아버지대로나의아버지인데어쩌자고나는작고나의아버지의아버지의아버지의아버지의.......아버지가되니나는웨나의아버지를껑충뛰어넘어야하는지나는웨드디어나와나의아버지와나의아버지의아버지와나의아버지의아버지의아버지노릇을한꺼번에하면서살아야하는것이냐

(시「오감도烏瞰圖 시제2호」전문)

이렇게나 많은 아버지들의 사랑의 억압 속에서 조상

과의 동일시는 근대성에 막 눈뜬 어린 영혼에 많은 중압과 상처를 준다. 이 어조의 아이러니에서 우리는 근대적 자아의 목소리를 읽을 수가 있다. 이 문장에서 띄어쓰기가 없는 것은 가부장적 혈통주의 안에서 아들이라는 피의 사슬이 하나라도 끊어지면 큰일나는 혈육의 지속성에 대한 강박관념을 보여주려는 시적 의장이다. 어쨌든 조부, 조모, 백부, (새)백모, 친부, 친모로 이루어진 유교적 사랑의 공동체 안에서 얼굴이 유난히 희고 머리가 비범하고 잘 생긴 미소년은 성장한다.

보성고보에서는 교내 미술 전람회에서 '풍경'이란 유화가 우등상을 받았고 미술교사로 고희동, 동창으로 이헌구, 김기림, 김환태, 이강국, 임화, 유진산 등 쟁쟁한 인물들이었다. 그림을 그리고 싶어서 경성고공에 진학했다고 하는데 하얀 가운을 입고 이젤 앞에서 팔레트와 붓을 들고 그림을 그리고 있는 당시의 사진이 남아있는 것으로 보아 고공에서 화가로서의 꿈을 키웠던 듯하다. 이상은 여러 작품 속에서 이상理想, 이상異狀, 이상異常, 이상異相, 이상異象, 이상以上 등의 동음이의어로 기표들의 유희를 보여준다. 즉 이름이란 아무 것도 아니며 인간 본질과 상관이 없고 인간주체란 상대적인 우연의 조합일 뿐 결국 본질은 없다는 포스트모던적 행위라고나 할까?

2. 탈주, 근대의 우울에 맞서다

김해경이 '일세의 귀재' 이상李箱으로 되어가는 '전설의 과정'에서 필연적인 만남이 서양화가 구본웅과 당시의 문학동굴이었던 '낙랑 팔라', 그리고 김기림, 박태원, 이태준, 정지용, 조용만, 김유정, 김환태 등 '구인회'(1933)의 쟁쟁한 문우들이었고, 폐결핵이었고 능라정의 기생 금홍이었다. '조선과 건축' 등의 일본어 잡지에 '이상한 가역반응'이나 '3차각 설계도'등의 난해한 시를 발표하고 있던 무명의 시인 이상이 일약 독자들의 시선을 끌게 된 것은 1934년 7월 24일부터 8월 8일까지 『조선중앙일보』에 발표된 「오감도烏瞰圖」15편을 통해서였다. "이천 점에서 삼십 점을 고르느라 땀을 흘렸다"고 시인이 말한 「오감도烏瞰圖」연재는 15편으로 막을 내리게 되었고 "왜 미쳤다고들 그러는지 대체 우리는 남보다 수십 년 떨어지고도 마음 놓고 지낼 작정이냐"라는 회한에 찬 '작자의 말'을 쓰게 되었다. 랭보의 말처럼 "현대적이어야 한다. 어떻게든 절대적으로 현대적이어야 한다."는 미적 모더니티의 선언이다.

당대 독자들의 항의와 비난에도 불구하고 「오감도烏瞰圖시제1호」는 한국 현대시 최고의 명시일 뿐 아니라 역사성과 보편성을 아울러 갖춘 불멸의 '열린 텍스트'다. 제목 '오감도'는 건축용어인 '조감도'를 변형한 신조어로서 "까마귀의 눈으로 인간들의 삶을 굽어본다"

는 뜻으로 해석(이어령)되었고 또한 까마귀의 불길한 상징성과 검은 색이 당대의 암울한 종말론적 분위기를 암시하며, 차마 인간의 눈으로 내려보지 못할 만큼 무시무시한 시대풍경이었다. 그런 것이 까마귀의 눈으로 본 세계라는 낯설게 만들기의 기법으로 형상화된 것이다. 당시는 만주사변 이후 32년 관동군이 만주 거의 전지역을 점령하고 푸이를 내세워 만주국을 세웠고 일본을 파시즘 체제로 전환시켰던 그런 암울한 시기였다. 그런 공포의 분위기를 「오감도烏瞰圖시제1호」는 잘 보여준다. 막다른 골목을 13인의 아해들이 질주하고 있는 풍경은 생각만 해도 그로테스크하다. 13이란 숫자의 의미에 대해서도 '최후의 만찬에 합석한 예수님+12인의 사도'(임종국), 위기에 당면한 인류 한태석), 당시의 조선 13도(서정주), 25시와 같이 시계 이후의 시간(이재선) 등으로 다양하다. 그들은 스스로 무서운 존재들이며 동시에 서로를 무서워하는 존재들이다. 김홍중은 식민지를 통해 폭력적으로 경험된 근대 속에서 식민지인이란 성인이 아닌 아해들이며 이 아해들이 구성하는 사회란 것이 공포스럽다는 것이다. 매우 신선한 지적이다.

또한 이 시는 근대에 대한 절망과 탈근대를 향한 탈주를 보여준다. 근대의 성격이 바로 그렇게 닫힌 세계안을 죽자꾸나 질주하는 맹목적 성격을 가지고 있다. 그러나 이상은 닫힌 세계를 질주하는 맹목적 근대를 비판하는데만 그치지 않는다. "(길은 뚫린골목이라도 적당하오)/ 13인의아해는도로를질주하지아니하여도 좋소"-이것이 「오감도烏瞰圖제1호」의 결론이다. 결론 같지 않은 결론이고 장난스러운 그로테스크다. 그로테스크 아이러니다. 이상의 「오감도烏瞰圖시제1호」는 바로 21세기 인人, 우리의 공포의 진단서이면서 동시에 치유의 처방전이 된다. 종말론적 시간 속을 자본의 채찍에 내몰려 달려야만 하고 옆의 친구와 동료를 무서워하며 무한질주로 살아가야 하지만 그러나 동시에 막다른 골목을 버리고 뚫린 골목으로 탈주해도 좋다는 하나의 포스트모던한 해방의 처방전을 내밀고 있다. 정말 도로를 질주하지 아니하여도 좋은가요? 근대성의 착취의 벽에 균열의 틈새를 살큼 내도 되나요?

3. 분열, 자아의 불안을 응시하다

누이 김옥희의 증언에 따르면 해경은 거울을 좋아하여 방에 엎드려 무엇을 쓰고 거울을 보고 자기 얼굴을 그리곤 하였다고 한다. 고은의 '이상 평전'에도 보성고교 시절 수업 시간에 교사에게 거울을 꺼내보여 학우들의 눈길을 끈 일화가 소개되어있다. 조용하고 매끄러운 '거울'은 이상 문학의 핵심을 보여주는 중요한 사물이자 나르시시즘의 표상이고 자아분열의 도구였고 이상은 '거울 애호자'이자 '거울 공포자'이기도 했다.

"거울속에는소리가없소/저렇게까지조용한
세상은참없을것이오//거울속에도내게귀가있
소/내말을못알아듣는딱한귀가두개나있소//
거울속의나는왼손잡이오/내악수를받을줄모
르는-악수를모르는왼손잡이오//거울때문에
나는거울속의나를만져보지를못하는구료마
는/거울아니었던들내가어찌거울속의나를만
나보기만이라도했겠소"

(시 「거울」 중)

거꾸로 된 숫자판이 거울을 통해 보인 시 「오감도烏瞰圖시제4호」는 자아 분열과 그 대립을 보여준 시각시이다. 숫자 그자체가 데카르트적 합리성, 근대성의 상징이라,근대성이 바로 환자의 질병일 수도 있다. 그렇게 이상은 김해경의 질병을 앓고 그 질병을 노래한다.

마침내 가부장들이 지어준 이름 김해경을 버리고 이상이 된 순간 아무런 이상이라도 상관이 없었다. '하나의 나'라는 절대성을 버린 순간 '하나 이상의 나'는 분열의 고통이라기보다는 차라리 해방의 희열이었다. 그는 몇 년간 이상으로서 다다와 초현실주의적 언어의 극치의 퍼포먼스를 화려하게 펼쳤다. 그리고 피난하듯 동경으로 떠난다. 그는 자신의 파멸을 걸고 죽을 힘을 다하여 동경 누추한 한 다다미 방에서 〈종생기〉, 〈권태〉, 〈슬픈 이야기〉 등 한국문학 최고의 명편들을

써댔다. 드디어 인간 김해경은 귀재 이상의 불멸의 제단에 바쳐진 불쌍한 먹이, 희생자, 제물이 되었고 하이얀 데드마스크가 와서 그 잔혹한 자아분열은 끝을 맺게 되었다.

4. 연애 스캔들, 여성을 이중적으로 보다

자의식이 결여된 금홍에게 한없이 관대하고 피학적 쾌감을 보여주는 것과는 달리 임이, 연이, 정희 등 신여성 계열의 여성들에게는 가혹할 정도로 비밀을 추궁하고 19세기식의 단죄를 가차없이 내린다. 그는 신여성들이 가진 근대적 개인으로서의 각성, 가부장제적 관습적 사고를 부인하는 여성의 자의식에 물러서지 않고 무섭게 반발한다. 이상은 여성에 대하여 자기모순과 이중적 태도를 드러낸다. 그는 스스로 젠더적 우울을 강하게 느끼지만 신여성이 젠더의식으로부터 자유로워지려고 할 때는 증오를 느꼈다. 김수영처럼 젠더에 갇힌 남성-자유인의 한계다. 성의식에 대한 이런 갈등과 고뇌는 21세기 지금에도 현재진행형이다. 그러나 이상은 여러 작품에서 자신을 여성성에 비유하고 여성적 타자성, 약소자 의식, 수동성을 자신과 동일시하며 언술 양식의 측면에서도 논리성이나 남성적 시문법을 뛰어넘는 여성적 글쓰기를 남겼다. 가장 행렬 사진에서 족두리를 쓰고 신부옷을 입은 사진에서 그가 보인 양성성은 그의 포스트모던한 측면이라고 하겠다. 금홍 계열과 임이 계열-두 계열의 여성들과 다 그는 완전한 만남을, 인격적 행복을 누릴 수는 없었다. 결국 결론은 이런 것인가.

"내키는커서다리는길고왼다리아프고안해키는작아서바른다리아프니성한다리끼리한사람처럼걸어가면아아이부부는부축할수없는절름발이가되어버린다무사한세상이병원이고꼭치료를기다리는무병無病이끝끝내있다"

(시 '지비紙碑' 전문)

불우의 천재 이상은 1937년 4월 17일 동경 제대 부속병원에서 세상을 떠났다. "허허벌판에 쓰러져 까마귀밥이 될지언정 이상理想에 살고싶구나"라고 했던 마음과 "고추장이 먹고 싶다. 고향에 돌아가야 한다"고 썼던 마음이 서로 다투고 있는데 일제 경찰에 의해 허무맹랑한 '불령선인不逞鮮人이라는 죄목으로 체포, 서신전西神田경찰서에 한달여 구속되었다가 폐결핵으로 스러졌다. 동경간지 일곱달만이었다. 향년 만 26세 7개월. 아내 변동림이 화장한 유해를 가지고 귀국하여 미아리 공동묘지 어디에 매장하였으나 그 위치는 지금 남아있지 않다. 꿋바이.

* 김승희(시인. 평론가. 서강대교수) 1980년대를 대표하는 한국 문학가. 시집 『도미는 도마위에서』 창작집 『산타페로 가는 사람』 장편 소설 『왼쪽 날개가 약간 무거운 새』등이 있다.

시인의 자료

거울속의나는역시외출중이다.

이상(오른쪽)과 동생과
아버지(추정)

이상의 가족. 가운데가 어머니 박세창,
왼쪽이 이상의 남동생 김운경, 오른쪽이
누이 김옥희.

窮乏과忍從의28年

속을 태운 『理解할수 없는아들』

그래도 『알아야겠지』 원망않고

1965년 5월 16일자
《조선일보》에 실린 이상의
어머니 박세창의 인터뷰 기사.

백부 김연필의 서울 종로구
통인동 154번지 집. 이상은 이
집에서 백부와 함께 유년시절을
보냈다. 이 사진은《문학사상》
1973년 2월호에 실렸다.

꽃나무는제가생각하는꽃나무를 열심熱心으로생각하는것처럼 열심으로꽃을피워가지고섰소.

경성고공 시절의 이상.

도도한 물결같은 이상.

'저사내는어데서왔느냐'.고 묻는 듯 이상과 금홍(추정)

구본웅과 이상

구본웅이 그린 이상의 초상

이승만의 삽화인 이상과 구본웅

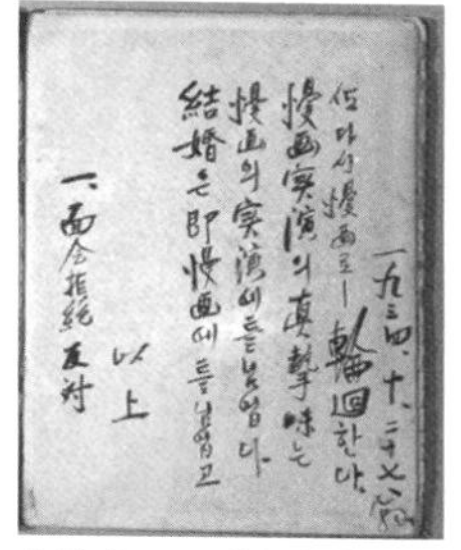

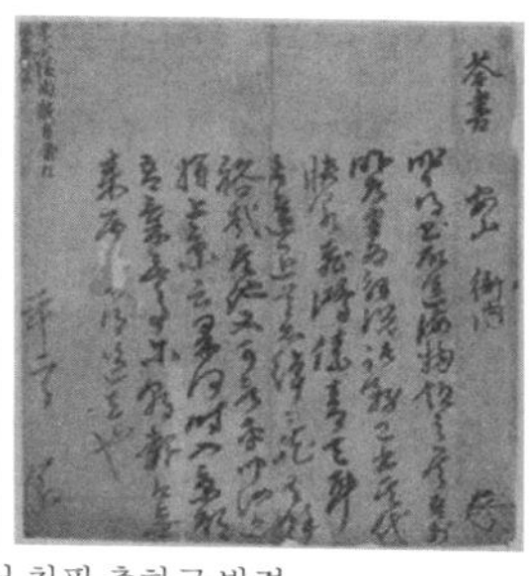

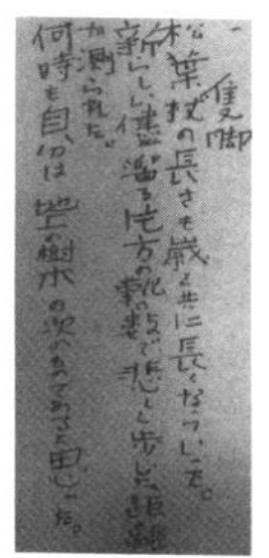

소설가 구보 결혼식 방명록서 친필 축하글 발견

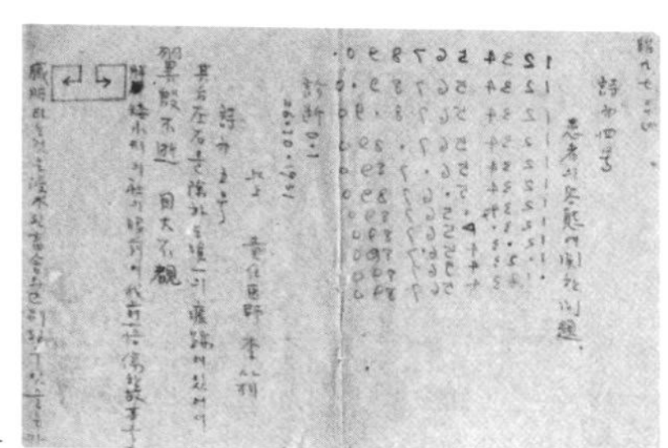

「오감도」 육필원고

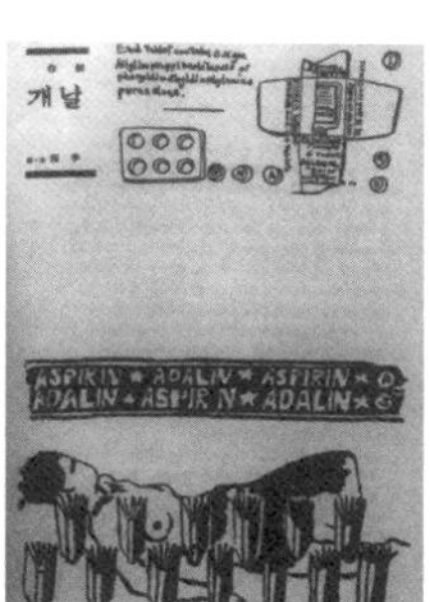

이상이 그린 연재삽화
「소설가 구보씨의 일일」과
이상이 그린 소설 「날개」
삽화 1936

이상 시인 연보

1910 (1세) 서울 종로구 사직동에서 부 김영창金演昌사이의 장남으로 태어났다. 본명은 해경海卿. 본관은 강릉. 본명은 김해경金海卿. 본관은 강릉江陵. 서울 출신. 아버지는 김연창金演昌이며, 어머니는 박세창 2남 1녀 중 장남이다. 3세 때부터 부모 슬하를 떠나 김연필金演弼의 집에서 성장하였다. 이상金海卿과 운경金雲卿과 옥희金玉姬는 세 살 터울이다. 운경은 해방공간 통신사 기자로 1950년 6 · 25 직후 납북, 혹은 월북으로 전해졌고, 2008년 호적이 말소됐다. 이상의 여동생 김옥희는 평북 선천군 심천면 사는 문병준文炳俊과 결혼했고, 2008년에 사망. 슬하에 자녀 4남 1녀 장남 완성은 1982년 사망. 둘째 유성과 아내는 서울 도봉구 창동에서 메밀전문식당 '감나무집'을 운영한다.

1912 (3세) 부모를 떠나 아들이 없던 통인동 본가 큰아버지 김연필金演弼댁에서 24세까지 성장하였다. 김연필은 조선총독부 하급직 관리로 재직, 사업에 성공, 상당한 재력 자식이 없어 동생의 맏아들 이상을 양자로 길렀고,이후 김연필은 애 딸린 여성인 김영숙과 결혼한다. 그 애가 이상의 이복동생, 김문경金汶卿 잘 알려진 바가 없다. 김영숙은 이상을 못마땅하게 여겼으며 이상의 성격형성에 큰 영향을 미친 것은 당연한 것이다. 이상의

친 아버지 김영창은 궁내부 인쇄소에서 직공였다. 사고로 손가락을 잃고 이발사로 생활을 이어간 것으로 전해짐. 이상은 가끔 친구들에게 아버지를 '도코야(이발사)'라고 소개했다고 한다. 아버지가 두명인 환경에서 자란 그는 조숙할 밖에 없고, 그의 개성은 이른 나이에 나타나기 시작했다. 두 아버지를 오가며 서로 다른 아들 노릇을 했을텐데, 그의 시 「오감도烏瞰圖 제2호第二號」에 아버지에 대한 내면의 소리가 있다.

1917 (8세) 4월,누상동 신명학교新明學校 제1학년에 입학. 이때부터 그림에 재질보였다.

1921(12세) 3월, 신명학교 4년 졸업. 백부의 교육열에 힘입어 그해 4월, 조선불교중앙교무원 경영의 동광東光학교에 입학.

1924 (15세) 동광학교가 보성고보普成高普로 병합, 동교4학년에 편입학. 이 해에 교내미술전람회에 유화 〈풍경〉 입상.

1926 (17세) 3월5일, 보성고보 5학년 졸업. 그해 4월 동숭동에 있는 경성고등공업학교 건축과제1학년에 입학. 미술에 집착을 가지고 보낸 경성고 1여 년 동안 회람지 『난파선』의 편집을 주도. 삽화와 시를 발표.

1929 (20세) 3월 경성고공 3년에 졸업. 조선총독부 내무국 건축과 기수로 근무. 11월, 관방官房회계과 영선계로

옮긴 후 12월 조선건축회지 『조선과 건축』 회지 소화5년도 표지도안 현상모집에 1등과 3등으로 당선.

1931 (22세) 7월 처녀시 「이상한 가역반응」, 「파편의경치」, 「BOITEUX.BOITEUSE」, 「공복」 8월, 일문시 「오감도」 「삼차각 설계도」를 각각 『조선과 건축』에 발표. 이 무렵 곱추화가 구본웅具本雄을 알게 됨. 서양화 〈자화상〉에 출품, 입선. 이 해에 백부 사망.

1932 (23세) 『조선과 건축』 회지 소화 7도 표지도안 현상모집에서 제4석에 당선. 비구比久란 익명으로 시 「지도의암실」을 『조선』에 발표. 7월 이상李箱이란 필명으로 된 시 「건축무한 육면각체」를 발표. 그의 문우文友들은 한결같이 "이상은 고고孤高했다"고 평한다. 이상은 낯가림이 있어 잘 안 맞는 사람과는 말 한마디 안했다. 친한 벗에게조차 자신의 신변에 대해 말하지 않았다. "말과 행동이 노인같이 조용하다"(5년간 이상과 자취생활을 한 문종혁)고 말할 정도였다고 함.

1933 (24세) 3월, 심한 각혈로 총독부 기수직을 사임. 통인동154번지 백부의 집을 정리하여 효자동에 집을 얻고, 21년 만에 친부모형제들과 함께 산다. 백모는 계동으로 이사. 1936년《여성》12월호에 쓴 소설 「봉별기逢別記」 「만남과 헤어짐에 관한 기록」에서 보듯이 23~24세에 각혈을 시작한다. 조선총독부 건축기사를 사직. 결핵 치료와 요양을 위해 황해도 배천온천을 찾았고 그

곳에서 기생 금홍과 만났다고 전해짐. 7월, 서울 종로1가에 다방 '제비'를 개업. 금홍과 동거생활 시작. 여동생 김옥희의 인터뷰에 의하면 카페 '제비'에 가면 이상은 홀에서 친구들하고 얘길 나누었고 금홍은 주로 뒷방에서 자곤 했었다. 여동생은 이상의 빨랫감만 받아 곧 돌아오느라 말을 나눈 적은 없지만, 금홍은 굉장히 살결이 곱고 예쁜 여자다고 한다. 7월부터 국문으로 시 발표. 「이런시」, 「1933.6.1」(『카톨릭 청년』)을 , 「거울」 발표.

1934 (25세) 구인회에 입회 본격적인 문학활동 시작. 《매일신보》에 시 「보통기념」을 발표. 시 「오감도」를 《조선중앙일보》에 발표불의가 일어 10회 연재 후 중단.(원래는 20편).8월, 신문소설 「소설과구보九甫씨의 1일」 이라는 작품에 하융河戎이라는 화명畵名으로 삽화를 그림. 시 「소영위제」(『중앙』)를 발표.

1935 (26세) 시 「지비紙婢」(『카톨릭 청년』), 「정식」(《조선중앙일보》) 수필 「신촌여정」(《매일신보》)을 발표.9월경영난으로 다방 '제비'를 폐문하고 금홍과 헤어짐. 인사동에 카페 '쓰루鶴'을 인수해 경영했으나 얼마못가 실패, 다방 '69'를 설계하나 양도하고, 다방 '무기'를 설계, 양도. 계속된 경영 실패로 그의 가족은 신당동 빈민촌으로 이사. 성천, 인천 등지로 여행.

1936 (27세) 3월, 창문사에서 구인회 동인지 『시와 소

설』을 편집 1집만 내고 창문사 나옴. 「지비1.2.3」(『중앙』), 「역단」(『카톨릭 청년』)을 발표. 수필 「선망율도」(『조광』) 「조춘점묘」(『매일신보』), 「가외가전」, 「여상」, 「낙수」, 「EPIGRAM」 「매상」 등을 발표. 단편 「지주회시」, 「날개」 등을발표. 전부터 알았던 이화여전 출신 변동림과 결혼. 새로운 재기를 위하여 일본동경으로 떠남(음력9월3일). 그곳에서 「공포의 기록」, 「종생기」, 「권태」, 「슬픈이야기」, 「환시기」 등을 씀. 시 「위독」(《조선일보》), 수필 「행복」(『여성』), 「추등잡필」, 「19세기식」(『삼사문학』)등 발표. 소설 「봉별기」(『여성』), 「동해」(『조광』), 동화 「황소와 도깨비」(《매일신보》) 등을 발표.

1937 (28세) 2월,친구 구본웅이 건넨 경비로 일본에서 요양하던 이상은 1937년 2월 공원을 산책하다 '불령선인不逞鮮人, 명령을 듣지 않는 조선인)'란 죄목으로 일본경찰에 체포. 옷차림이 허름한 조선인은 무조건 잠재적 범죄자로 취급된 시절. 이상은 니시칸다 경찰서에 34일간 구금됨, 이때 돌이키기 힘들 정도로 건강 악화, 보석출감. 이후 동경제대 부속병원에 입원. 이상은 변동림이 도착한 며칠 후 1937년 4월 17일 "멜론이 먹고 싶소"라는 말을 남기고 눈을 감았다 한다. 향년 만 26년 7개월. 그 전날 부모와 조모 사망. 아내 변동림에 의해 유해는 화장, 환국하여 미아리 공동묘지에 안장 후일 유실. 5월에 「종생기」(『조광』), 「권태」 발표.

1939 「실락원」(『조광』), 「실화」(『문장』)등 유고로 발표. 이상이 말수가 적고 책을 즐겨 읽은 것은 어머니 박세창의 영향이 컸을 것이다. 말년의 박세창은 말없이 온종일 책만 읽었다고 한다. 친구 문종혁의 산문「심심산천에 묻어주오」에 이상의 독서습관이 씌여있다. "그는 벌써 책을 골라 읽기 시작한다. 이상은 서서 읽고 있다. 글을 수직으로 읽는 것이 아니라 사선으로 읽는다는 말이 있다. 정말 사선으로 읽는 것 같다. 왜냐하면 그의 책장은 쉴새없이 넘어가니 말이다. 밤이 늦어서야 둘이는 귀로에 접어든다. 그는 돌아오면서 지금 읽은 책을 이야기한다. 지명, 인명, 연대, 하나도 거침없이 나온다. 금방 읽었다 하지만 제 집 번지, 제 이름, 제 생년월일 외듯 거침없이 이야기한다. 그의 기억력은 참으로 놀랍다."(p232,《여원》1969년 4월호)

1937년 '남편 · 시모 · 아들 이상을 동시에 잃고 궁핍과 인종의 28년'을 산 이상의 어머니는 깊은 가슴의 묵은 상처는 쓰라리고 다시 목이 메인다며 요절한 천재 아들을 생각하면 고생도 눈물도 달아나고 '내 아들에 부끄럽지 않은' 어머니가 되겠다는 투지가 솟았다고 한다. 말도 없고 우울하고, 여인과의 동서同棲생활을 위해 어머니곁을 떠나는 아들, 이상을 한 번도 원망한 적이 없다는 어머니는 "자기 일을 자기가 알아서 하겠지. 녀석이 큰사람이 되려고 그러겠지"하고 아들 이상을 믿었다. - 1965년 5월 16일자《조선일보》기사로부터 김옥희 여사는 일본에서 오빠 유해를 미아리 공동묘지에 묻고 이따금씩 찾아가 술도 한잔씩 부어놓곤 했는데 6 · 25를 거치며 (이상의) 묘를 찾지 못했다. 종암동, 장위동, 돈암동이 갈라지는 미아사거리 일대는 온통 공동묘지였고, 1950년대 후반부터 미아리 공동묘지는 경기도 광주로 옮겨졌다 폭격 때문인지 유실되어 이후 온통 집들이 들어섰고, 큰오빠 묘를 못 찾아 평생 한恨으로 여겼다고 한다.

김해경이 이상李箱으로 불린 것은 932년의 일로 건축공사장에서 인부들이 김해경을 '긴상'을 '이상'으로 부른 후부터였다. 이상은 조선인 입학이 어려웠던 경성고등공업학교에 63명 중 23등으로 입학. 건축과 졸업때까지 3년 내내 수석였고, 그래서 조선총독부 내무국 건축과취직이 가능했다. 경기고공의 졸업 사진첩 말미 학생들의 '남기고 싶은 말' 중에 이상의 글은 이렇다.

'보고도 모르는 것을 폭로시켜라! 그것은 발명보다도 발견! 거기에도 노력은 필요하다. 이상李箱.'

엮은이 신현림 시인. 사진가
정본 중심으로 최고의 가독성을 위해 새롭게
편집했습니다. 이상의 시를 탐구하여 꼭 필요한 각주를
달았고, 자료와 연보에는 최근 자료까지 더해 묶었습니다.

한국 대표시 다시 찾기 101

거리 밖의 거리

이상

1판 1쇄 인쇄 2018년 1월 25일
1판 1쇄 발행 2018년 2월 1일
지은이 이상
펴낸이 신현림
펴낸곳 도서출판 사과꽃
서울 종로구 옥인길74 (3—31)
이메일 abrosa@hanmail.net
전화 010—9900—4359
등록번호 101—91—32569
등록일 2012년 8월 27일
편집진행 사과꽃
표지 디자인 정재완
내지 디자인 강지우
인쇄 신도인쇄사

ISBN 979-11-962533-7-0 04810
979-11-962533-0-1 (세트) 04810
CIP2018001834
값 7,700원